「お前を追放する」
追放されたのは俺ではなく
無口な
魔法少女でした
2
まるせい
MARUSEI
illustration：福きつね
FUKUKITSUNE
一迅社ノベルス

CONTENTS

一章・無口な魔法少女は祝いたい

1

「うおっ！」

耳の横を魔法で作り出された氷柱が通りすぎ、冷気を感じると同時に冷や汗が噴き出た。それというのも、今の攻撃は身体を反らさなければ掠《かす》めていたからだ。

氷柱《つらら》が飛んだ先に目を向けると、氷柱に身体を貫かれたモンスターが絶命している。

相変わらずの威力で、一度の魔法で確実に標的を倒している。

俺が振り返り、魔法を放った人物を見ると、そこには一人の少女が立っていた。

太陽の光を浴びて輝く銀髪に雪のように白い肌。白銀の瞳。

彼女の名前はテレサ。俺のパートナーにしてSランク冒険者の魔法使いだ。

金糸の刺繍《ししゅう》が施されたシルクのローブを身に着け、巨大な魔石を携えた杖《つえ》を振り、空中に魔法陣を展開して次々に魔法を放っている様は圧巻で、押し寄せる大量のモンスターは彼女の魔法を前になすすべもなく倒されていく。

もっとも、今回の依頼は、農場周辺のモンスターの駆除だ。それ程強いモンスターはいないので、余裕がある。

それでも、俺はモンスターを狩る片手間にテレサに注意を払った。

そんな無理をしなくても良い状態にもかかわらず、彼女は魔法を誤射したのだ。

あるいは、誤射ではないのかもしれない。

俺は特異体質で、魔法を吸収して無効化することができるので、気にせず放った可能性があった。

それでも、テレサは何やら難しい表情を浮かべている。

額に汗を浮かべ、白銀の瞳は揺れている。何やら息苦しそうだ。

「大丈夫か？　テレサ？」

そんな彼女に俺は問いかけた。テレサは声を発せない呪いに侵されているので、異変に対しては常に確認するしかない。

俺の声が届いたのか、テレサは頷《うなず》くと身体全体で問題ないことをアピールする。

そして次の瞬間、それを証明するように大量の魔法を繰り出し、モンスターを攻撃し始めた。

「どうやら、本当に問題なさそうだな？」

攻撃魔法が当たりそうになったので心配になったが一発だけ。

その後の動きを見る限り文句のつけようがない。

それでも、何気なく彼女の動きを見守っていたのだが、気が付けばモンスターは全滅しており、俺もテレサも無傷でその場に立っていた。


その日の仕事を終え、ギルドで依頼達成の報告をした俺たちは常泊している宿に戻ってきた。

テレサはテーブルに突っ伏し汗を掻《か》き、冷たい飲み物を飲んでいる。頬が赤くなっており、何やらぼーっとしている様子だ。そんな彼女をじっと見ていると声を掛けられた。

「いやー、まだまだ暑い日が続きますね」

顔を上げて見ると、給仕服にエプロンを身に着けシルバートレイを胸に抱いた少女が立っていた。彼女は俺とテレサが宿泊している宿のオーナーの娘でミリィという。

持ち場は食堂で、毎日家の手伝いをしている看板娘ということもあり、常連客はそんな彼女を可愛がっている。

かくいう俺も、笑顔が可愛いミリィちゃんを妹のように思っている部分があった。

俺とテレサは夕飯を大体ここで食うので、その日の終わりにミリィちゃんと話すのが日課になっている。

「このくらい、先日までいた港街に比べたらマシだよな、テレサ?」

テレサは顔を上げると、首を縦に振り飲み物を一口飲んだ。

俺とテレサはつい先日まで酷暑の中、着ぐるみを着て働いていたのだ。あの地獄に比べれば、この程度の暑さはまったく問題にならない。

「流石《さすが》冒険者。私とは鍛え方が違うということですね」

その話をしてやると、ミリィちゃんは感心したような声を出す。そして右手の人差し指をピッと立てた。

「あっ、でも、急な気温の変化には注意してくださいね。つい先日もクラスメイトが夏バテで倒れちゃって……」

何でも、ミリィちゃんが通っている学校で夏風邪《かぜ》が流行《はや》っているらしく、周囲の人間もバタバタ倒れて一部の店が休業しているのだとか……。

「ほら、うちって料理を作れるのがお父さんだけじゃないですか。だから何かあったら困るなと」

「それは確かに困る」

この宿は宿泊費こそ高いもののサービスが充実しており、食事も美味《うま》い。それらを切り盛りしているのは宿のオーナーでもあるミリィちゃんの父親なので、倒れられたら俺たちも巻き添えだ。

そんなことを考えていると、ミリィちゃんはふと視線を俺からテレサに移し、彼女に話し掛けた。

「どうしたんですか、テレサさん。今日は随分と静かですね？」

「そもそもテレサは話せないんだけどな」

俺はミリィちゃんに突っ込みを入れるとテレサを見る。

いつもよりぼーっとした様子で何もないところを見つめている。

「顔が赤いですし、瞳も潤んでます」

ミリィちゃんがテレサに顔を近付けると、彼女は逃げるように身を引いた。

「確かに、言われてみればそうかもしれない」

テレサの様子が変なのは、今に始まった話ではない。

「今日の依頼で魔法が一発こっちに飛んできた。普段ならあんなミスしないだろ？」

俺とミリィちゃんの視線がテレサに突き刺さる。

『それは……まあ、そうですね。申し訳ありません』

テレサは、調子が悪いとも悪くないとも言わず席を立つ。

『そう言われてみれば身体の節々が痛む気がします。きっと、ガリオンに魔力を渡しすぎたから疲れたのかと……。今日は先に休ませていただきますね』

そう言うと、テレサは自分の部屋へと引き上げていった。


翌日の朝、俺はテレサの部屋を訪れていた。

今日も依頼を受ける予定だったので食堂で待っていたのだが、一向に彼女が姿を現さなかったからだ。

ミリィちゃんを伴い、テレサの部屋を訪ねた俺は、ベッドに横たわるテレサを発見する。

「まさか、本当に風邪をひいているとはな……」

可愛らしいフリルのパジャマを着たテレサは、ベッドに横になり「こんこん」と咳《せき》をしている。

寝床の横にはミリィちゃんが用意した氷水が入った桶《おけ》があり、彼女は手拭いを絞るとテレサの頭に載せた。

『すみません。頭がぼーっとするとは思っていたのですが、まさか風邪をひくとは』

テレサは起き上がるとどうにか文字を書き俺に謝った。

「仕方ねえよ。どっかでもらってきたんだろうし」

テレサは元々身体が強くないので、この夏の暑さで体調を崩してしまったのだろう。

「ガリオンさん、テレサさんの看病なんですけど……」

ミリィちゃんは申し訳なさそうな顔をすると俺を見上げる。

「私、もうすぐ学校に行かなければならない時間なんですよね」

流石にこちらの事情で休むように言うわけにもいかない。

テレサは心細そうな目を俺に向けていた。

「なら、テレサが寝着くまで俺が傍《そば》にいることにするよ」

声を出せない病人を放置しておくわけにもいかない。俺はそう言うと看病をすることにした。


室内を静寂が支配する。

窓から入ってくる太陽の光は、テレサが睡眠をとるには邪魔ということでカーテンで遮ってある。

ミリィちゃんが学校に行ってしまい、他に世話をする人間もいないので俺がテレサの看病をしていた。

とはいっても治癒魔法もろくに使えない俺にできることは限られている。

氷水を用意し、手拭いを絞って頭に載せるだけ。これが限界だ。

俺は久しぶりにできた時間を無駄にしないよう、図書館で借りてきた本を読むことにした。

テレサの呪いを解く方法を見付ける。それこそが今の俺の目的だからだ。

呪いを解くには一般的に強力な解呪魔法を試みるか、霊薬で内部から呪いを除去する方法がある。

解呪魔法に関しては既に試みたことがあるらしく、解呪できなかったことをテレサから聞いていた。

なので、今はもっぱら霊薬について調べているのだが、作るための材料がどれも珍しく高価だったりする。

【バイコーンの角】【ドラゴンの肝】【フェニックスの血】などなど、後半に至ってはその存在と遭遇することすらできないうえ、たとえ遭遇できたとしても倒すことは難しい。

これらの素材を手に入れることができればテレサの解呪は果たせるかもしれないのだが、手に入れるためのとっかかりすら見付からないのが現状だ。

どうにかもっと安価で、今の俺たちに可能な方法はないかと思いページを捲《めく》っていると比較的入手しやすい素材と効能について書かれたページを発見する。

しばらくの間、そのページを読み込んでいるとテレサが目を覚ました。

「おっ、気分はどうだ?」

寝起きだからか、風邪が辛《つら》いからか、彼女はしばらくの間ぼーっとして天井を見ている。

やがてこちらを認識すると、テレサはシーツから右手を出しフラフラとこちらに伸ばしてきた。

彼女の右手が頬に触れる。普段冷えている手が熱くなっており、テレサの熱が俺まで伝わってくる。

「安静にしていないとよくならないぞ」

俺は彼女の右手を手に取り元の位置に戻した。

『ああ、夢ではなかったのですね？』

テレサは左手で器用に文字を書くと、目を少し大きく開く。

『ガリオンがいるとは思わなかったので、思わず手を伸ばしてしまいました』

半分開いた眼を俺に向け微笑《ほほえ》むテレサ。彼女がここまで弱っているのは珍しい。

『それにしても……』

俺が心配する中、テレサはやや乱れた様子で文字を書き続ける。

『こうして、誰かに傍にいてもらえるというのは、こんなにも安心できるのですね』

明らかに、普段では言わないような内容を告げるテレサ。

しばらくの間、熱に浮かされた状態で弱々しく言葉を紡ぐテレサだが、やがて眠気がきたのかふたたび眠りに落ちてしまう。

「ガリオンさん、テレサさんは大丈夫ですか？」

ドアが控えめにノックされ、ミリィちゃんが入ってきた。

彼女は学校から帰ったばかりなのか給仕服ではなく私服姿だった。テレサの容態が気になり一番にこの部屋まで来たのだろう。

「ああ、さっきまで起きてたけど今は眠ってるよ」

「お昼ご飯は？」

「マスターに作ってもらったリゾットを食べさせたよ」

「そうですか、良かった」

ミリィちゃんはホッと溜息《ためいき》を吐《つ》く。

「明日は学校もないので、一日面倒を見られると思います」

男の俺ではテレサにしてあげられることは限られている。ミリィちゃんが一日宿にいてくれるというのはとても助かる。

「ありがとう、それじゃあ俺は……」

先程まで読んでいた本のページを見る。俺は明日の行動について考えるのだった。

2

「今日はこの依頼を受けたいんだが」

早朝、冒険者ギルドを訪れた俺は、掲示板にあった依頼書を剥《は》がすと受付に持って行く。

「まさか、ガリオンさんがこんな朝早くから来るなんて、明日は雨ですかね？」

口を大きく開き、目を丸くして驚く受付嬢に俺は眉根を歪《ゆが》め睨《にら》んでみせた。

「……今すぐ依頼書を元の場所に戻してきてもいいんだが？」

俺は憮然《ぶぜん》とした態度で彼女にそう告げると、カウンターを背に依頼書を戻しに行こうとする。

「あー、嘘嘘《うそうそ》。ちょっとした冗談じゃないですか！」

受付嬢はカウンターから乗り出すと、俺の肩を右手で掴《つか》み引っ張る。

冒険者は鍛えているので、普通ならば女子どもの握力ではびくともしないのだが、受付嬢は思っているよりも力があるのか、身体が後ろに引っ張られたことに俺は驚いた。

「次からは言葉には気を付けような？」

そんな驚きを表に出すことなく、俺は受付嬢に注意をした。

「でも、珍しいですよね？　ガリオンさんって、お金がある時は追加で依頼とか受けないのに」

俺の手から依頼書を受け取った受付嬢は、手続きをする間にも俺に視線を向けてくる。

「……まあ、単なる気まぐれってやつだ」

金銭に余裕がある時に依頼を受けるのもたまには良いものだ。先立つものはいくらあっても困らないからな。

俺がそう言って言葉を濁していると、

「そういえば、テレサさんはどうされたのですか？」

受付嬢は目ざとく俺のパートナーがいないことを指摘した。

「あー、あいつはまあ……熱を出して寝込んでいる。風邪ひいたみたいだな」

「それはそれは……うちのギルドでも職員が患っているので移してしまったのかもしれませんね」

「その職員の容態はどうなんだ？」

「喉が痛んで声がかすれるので休ませてますが、そこまで悪くはないみたいですよ？」

少なくとも命に別状はないということで、俺は少し安心すると溜息を吐いた。

「テレサさんはどうなんですか？」

「一昨日の夜から熱が下がらなくてな、あまり食欲もなさそうな感じだな」

最低限の食事を摂《と》るだけで、ベッドで寝込んでしまっている。

寝ている間も苦しそうにしているので、見ていて心配になる。

俺はテレサの容態について受付嬢に説明をするのだが……。

「それなら、ガリオンさんが傍にいて差し上げた方がよいのでは？　女性は弱っている時に優しくされるとコロッといってしまうものですよ？」

彼女は書類に走らせる手を止めると顔を上げ、俺にそのようなアドバイスを送ってくる。

ミリィちゃんといい、どうも俺の周りにはおせっかいを焼かずにいられない女性が多いようだ。

「ほぅ？　なら、何度も面倒な依頼を受けている俺に、あんたは惚《ほ》れているということになるか？」

まともに答えるとからかわれるのは、ミリィちゃんで身に染みている。俺はカウンターに肘を乗せると、おどけた態度で彼女に顔を近付けた。

「いやだなぁ、ガリオンさんってば！　冗談が上手なんですから」

ところが、彼女には俺の皮肉が通じていないのか、手をパタパタを振って笑ってみせる。勿論《もちろん》冗談ではあるのだが、こうも相手にされないと微妙に傷付くのはなぜだろう？

「はい、それでは、こちらの収集依頼お願いしますね」

そうこうしている間に手続きが終わり、受付嬢は両手で持った依頼書を俺に差し出した。

あまり長く話しているとわざわざ早起きした意味がない。俺は依頼書を受け取ると、冒険者ギルドをあとにした。

サワサワと風が葉を揺らす音が聞こえる。

まだ夏のまっただ中なのだが、浜辺で着ぐるみを着ていた地獄のような状況とは比べ物にならず、森の中は涼しくて快適だ。

小鳥がさえずり、獣の鳴き声が聞こえる。このあたりに出現するモンスターは弱いので、駆け出し冒険者ならいざ知らず、俺にとっては散歩しているようなものだ。

しばらくの間、俺は森の散策を楽しむと、そろそろ目的の収集依頼をしなければならないと思い出した。

「えーと、確か大きな木の高い場所に巣を作っているんだったよな？」

今回依頼を受けているのは【ローヤルゼリー】という高級蜂蜜の収集だ。

女王蜂に献上するため、様々な蜂型モンスターが蜜を集めており、手に入れるにはそれらのモンスターとの戦闘は避けられない。

小型だがすばしっこく、毒やら痺《しび》れやらの攻撃を繰り出してくるので、意外とうっとうしく、こなすのが面倒な依頼だ。

そんなことを頭に入れながら歩いていると……。

「おっ？」

巣がないかと思い森を見上げたら蜂型モンスターを発見した。

十センチ程の体長に毒々しい模様、尻に鋭い毒針を備えた空飛ぶモンスター【キラービー】がいた。

このキラービーは女王蜂と巣を守るガーディアンで、こいつがいる付近には巣がある確率が高い。

俺は気配を消すと、キラービーの後を追いかけた。

数分尾行をした後、巣へと辿《たど》り着く。

(よし、やっと見付けたぞ)

俺は拳を握ると、ようやく目的の巣が眼上にあることに喜ぶ。

(問題は、ここからどうするかなんだが……)

流石はローヤルゼリーを溜《た》めこんでいる巣だけあり大きい。木の高い部分の枝にぶら下がっており、そこには【パラライズビー】【ポイズンビー】【ホーネット】【ライトニングビー】などなどが略奪者から巣を守るため、周囲を飛び回り警戒している。

一撃刺されたら毒や麻痺《まひ》を受けてしまう。

慎重に立ち回らなければ、あっという間にこちらがやられてしまいかねない。

巣を収集するためには木に登らなければならず、そうすると蜂たちの集中攻撃を受けることになってしまう。

テレサがいれば魔法一つで解決できるのだが、俺には剣しかない。

「なら、方法は一つだな」

俺は蜂どもに気付かれないよう、巣がある木に近付くと、

「はっ！」

剣を木に向かって一閃《いっせん》した。

――ズズズ……ズドン――


次の瞬間。斬られた木は傾き地面に倒れ、大きな音を立てる。

「これでよし」

巣を守っていたモンスターは突然の事態に混乱し、周囲を慌ただしく飛び回っている。

その間に俺は、こっそりと巣を回収しようと枝に向かうのだが……。

ただ一匹、慌てることなく巣を守っているキラービーと目が合った。やつはこの騒ぎが俺の仕業であると見抜いたのか怒りのオーラを立ち昇らせている。

『…………！！』

キラービーが声にならない音を発すると、周囲で慌てていた蜂たちが一斉に俺を見た。

宙に浮かぶやつらは俺を囲むと怒りのオーラを放っている。

「くっ！　流石にそう簡単にいかないか……」

俺は剣を構えると、怒り狂って襲ってくるモンスターと戦闘を繰り広げるのだった。


「た……ただいま……戻ったぞ」

「おかえりなさい。うわ、ガリオンさんボロボロですね？」

冒険者ギルドにローヤルゼリーを納品してどうにか宿に戻ってきた俺に、ミリィちゃんが濡《ぬ》れたタオルを差し出してきた。

「まあ、色々あって……」

俺はそれを受け取ると、先程まであったことを思い出していた。

モンスターとの死闘は半日にも及び、すべてを撃退したころにはすっかりと日が暮れていた。

最近はテレサがいるお蔭《かげ》か、サポートされて当然となっていたので、多方から攻められる状況に不慣れとなっており、疲労が半端ない。

元々、パーティ単位で受ける依頼なので、自業自得ではあるのだが……。

「そういえば、テレサさんが拗《す》ねてますよ？」

落ち着くと、ミリィちゃんがテレサの様子を俺に報告してくる。

「一緒にいてくれると思っていたのに、私が世話をするようになったら出掛けたからです」

ミリィちゃんがいてくれるのなら俺は不要かと思ったのだが……。

「わかった、湯浴みをしてから顔を出すよ」

パートナーの機嫌を取るのも俺の役割だろう。

「その前に、これ。依頼の余りだから、テレサに何か用意してやってくれ」

「えっ？」

俺が瓶を預けると、ミリィちゃんは驚きながらそれを受け取った。

「これって……そういうことですか？」

「……何のことやら？」

先程までと違い、口元に手を当ててニンマリと笑うミリィちゃんに俺は誤魔化すように言葉を返した。

「ガリオンさん、優しいんだ」

途端に上機嫌になった彼女は、瓶を厨房《ちゅうぼう》へと持って行く。

「用意するので、その間に湯浴みしてきてくださいね」


ドアの前に立ちノックをする。等間隔で五回、これが俺が来たという合図だ。

テレサは声が出せないので、返事をして相手の反応を窺《うかが》うことができない。

信頼できる人物にはあらかじめノックの回数を指定しているのだ。

ちなみにミリィちゃんなら四回なので、彼女は俺より先にテレサの信頼を勝ち取っているということになる。

室内でテレサが動く気配がし、少ししてからドアの前に立つ気配を感じた。

「俺だ」

そっとドアが開き、隙間からテレサが顔を覗《のぞ》かせる。今まで寝ていたのか、髪が乱れている。

彼女は血色の悪い肌をしており、今も調子が悪そうだ。

「よっ、お見舞いに来たぞ」

俺が笑顔で声を掛けると、テレサはドアを完全に開き中へと迎え入れてくれる。

ツリーハンガーにはローブと杖が立てかけてあり、ベッドの横の袖机には照明と本が何冊も積まれている。

今日一日読書をしてすごしたであろう彼女は、自身の姿を気にしている様子で髪をちょいちょいと指でなおしている。

「それで、少しは体調は良くなったのか？」

俺が見ていることに気付くと、テレサは髪からパッと手を放し、

『ええ、朝よりだいぶよくなってきましたが、喉が痛いです』

申告している間も咳《せ》き込む。先日に比べると快復しているようだが、どうやらまだまだ療養が必要に見える。

『それより、私が動けないのに一人だけ依頼を受けるなんて酷《ひど》いじゃないですか！』

テレサは頬を膨らませ俺を睨んだ。パートナーが苦しんでいるというのに、一人だけ元気に外で動き回っていたのだ、恨み言の一つも言いたくなるのは理解できなくもない。

「それより、ミリィちゃんがお茶を用意してくれたから飲もうぜ」

俺はそう言うと、ミリィちゃんから渡されたティーセットをテーブルに置く。

テレサは不満そうながらも、いそいそと椅子を引くと目の前に座った。

『流石はミリィですね。薄情な誰かさんとは大違いです』

まだ拗ねているのか、テレサはフンスと鼻息をならした。

「俺だって心配して見舞いに来たんだけどな……」

ひとまずテレサの追及を躱《かわ》しながら俺が紅茶を淹《い》れていると……。

『ん、それは？』

テレサはティーカップの横にある琥珀《こはく》色の液体が入った小瓶に気付いた。

鼻を近付け、クンクンと臭いを嗅ぐテレサ。

『ローヤルゼリーではありませんか！　これは高級蜂蜜ということで高貴な身分の者が好んで舐《な》める食材なのですが、薬効もあり荒れた喉を潤わせ体調を整えてくれるのです』

流石はテレサ。甘味に関して詳しい。

彼女は真剣な表情でローヤルゼリーを眺めると凝視し続ける。テレサは深く思考する際に対象物を見続ける癖がある。

しばらくして、自分の中で答えが出たのか、彼女は顔を上げる。

『私が風邪をひいたからミリィが用意したのかと思ったのですが、これは収集が大変なわりに利益がいまいちなので、受けたがる冒険者が少なく市場に出回りにくい食材です』

一緒に依頼を見ていたので、テレサもこの依頼が塩漬けられていたことを覚えていたらしい。

「まあいいじゃないか、紅茶が冷める前に飲めよ」

俺はテレサの言葉を遮ると湯気の立つ紅茶を彼女に勧めた。

テレサはローヤルゼリーを紅茶に溶かし入れるとスプーンでかき混ぜ、両手でカップを持ち口を付けた。

『美味《おい》しいですね』

ほぅと息を吐き、表情を緩めるテレサ。心なしか肌の血色も良くなっているようだ。

「それは良かった」

テレサの体調が快復してくれれば様々な仕事を受けることができる。俺は今日一日テレサが何をしてすごしていたのか話題を振り、彼女も笑顔でそれに答えてくれた。

三十分程が経《た》ち、病人相手に長居をしてはいけないと考えた俺は、テレサに断って部屋を出ることにした。

ところが、部屋を出る前に、テレサが服を掴んでくる。

『そういえば、一つ聞き忘れたのですが？』

彼女はそう前置きをすると、じっと見上げてきた。

『ガリオンは今日、どのような依頼を受けたのでしょうか？』

先程から避けようとしていた話題だけに言葉に詰まる。話をすると、テレサが妙な勘繰りをするとわかっているからだ。

言葉にしなかったのが答えとなってしまったらしく、テレサは申し訳なさそうな表情を浮かべる。

『ガリオンは私のためにローヤルゼリーを取りに行ってくれたのですね。責めてしまって申し訳ありません』

「いや、別にテレサのためではないぞ？　ギルドの受付嬢から厄介な依頼を押し付けられただけだ」

俺はこの件とテレサの風邪は無関係と主張をするのだが、彼女は口元に手を当て笑い、そして呟き込んだ。

「ほら、安静にしていないと駄目だろ。もうベッドに寝て休め」

そう言ってテレサをベッドへと運ぶ。

彼女を横たわらせ、立ち去ろうとすると、ベッドの中でテレサがもぞりと動きシーツから指を出した。

『ありがとうございます、ガリオン。とても嬉《うれ》しかったです』

空中に文字を殴り書きしたテレサは、シーツで顔を覆うと姿を隠してしまった。

「別にこのくらいはパートナーのためなら当然だ」

テレサがどんな顔をしているのかわからなかった俺だが、少なくとも感謝されているのだと判断すると、そのまま部屋を出るのだった。

3

「ほらほら、まだ立ち止まるには早いぞ」

まだ人が出歩くことがない早朝。前日の夜に雨が降ったからか薄霧が立ち込めており、ラフな半袖のシャツを着た俺は立ち止まると若干の肌寒さを覚える。

十秒程待っていると、テレサがヨタヨタと走ってきた。

無地のシャツとスパッツを身に着け、銀髪をリボンで纏《まと》めて動きやすい格好をしている。

『ガリオン、待ってください』

彼女は俺に追いつくと、息を切らしながら空中に文字を書く。疲れているからなのか、多少歪んでいるのは仕方ないことだろう。

「まだ走り始めて三十分しか経っていないじゃないか、もっと頑張れるはずだ」

『ううう……スパルタすぎませんか？』

テレサは辛そうな顔を向けると愚痴をこぼした。

「そんなことはない、この程度は街に住む一般人でもこなせるぞ」

実際、早朝に走っていると、同じようにジョギングをしている住人とすれ違うこともある。

中にはテレサと同い年くらいの少女もいるのだから彼女にもできないはずがない。

『そう言われると、返す言葉もありません』

なぜ、こうして俺とテレサがジョギングをしているのかというと体力作りだ。

テレサが夏風邪から快復して三日が経つのだが、彼女の体力が随分と落ちていた。

元々、テレサは魔法使いということもあり、他の冒険者に比べて体力がない。

長距離移動の冒険の際も体力切れを起こしており、そのたびに荷物を預かったりおぶったりしていたのだ。

自身の体力の無さを痛感したテレサは『体力をつけたいので、鍛えてもらえませんか？』と突然宣言した。

パートナーがやる気を出しているのならそれを支えるのが俺の仕事だ。

俺は心を鬼にすると、テレサがどれだけ泣き叫ぼうとも手を緩めない覚悟を決めた。

「前衛の冒険者は数時間くらい動きっぱなしの時もある。後衛だって体力があった方がモンスターとの立ち回りでも有利なんだし、音《ね》を上げるのはまだまだ早い」

『わ、わかりました！』

俺がそう告げると、テレサは白銀の瞳に力を入れる。

「さあ、最低でも後一時間は走るぞ。頑張れ！」

俺はテレサの手を掴むと、苦しそうにするテレサを街中引っ張り回すのだった。


「なるほど、それでテレサさんはそんなに疲れているんですね……」

何日か経ち、体力作りと並行してそろそろ依頼を受けようと考えた俺たちが冒険者ギルドに顔を出すと、エミリーの姿があった。

彼女とは港街での依頼で縁があったのだが、その後、街を転々としていたらしく、先日からこの街を活動拠点にし始めた。

『そうです、エミリーも一緒に走りませんか？』

いつの間にか仲良くなったらしく、テレサはエミリーを巻き込もうと声を掛ける。

彼女は口元に手を当て考えると苦笑いを浮かべる。

「私はいいです。御二人について行くのは無理そうなので」

『そんな……』

断られるとは思っていなかったのか、テレサはショックを受けるとじっとりとした視線をエミリーに送った。

「そういえば、エミリーはソロで冒険をしているんだよな？」

「ええ、基本的にはソロでの収集依頼が専門になりますね」

以前出会った時は他の冒険者と行動をともにしていたが、深海祭の際は一人だった。

気軽に拠点を移してこうして再会できたのも、一人という身軽さのお蔭だろう。

「誰かと固定パーティを組もうと考えなかったのか？」

簡単な依頼を専門に受けるソロ冒険者というのもそれなりにいるが、それらは人と組むのが苦手だったり、よほど自分の腕に自信があったりする者がほとんどだ。

エミリーは話もしやすいし、気配りもできるのでソロでやる理由がないように思える。

「それ……ガリオンさんが聞くんですか？」

ところが、彼女は恨みがましい視線を俺に送ると口をすぼめ拗ねてしまった。

『ガリオン……あなたという人は……』

テレサも女の敵とばかりに冷たい視線を俺に向けてくる。

そこで、俺はエミリーに恋人兼パートナーになってくれと誘われたことを思い出した。

「いや、確かに断ったのは俺だけど……その後に組んでみてもいいと思うやつ、いなかったのかと思ってな……」

彼女を振った身として気まずく、俺は頭部を掻きながら顔を逸《そ》らした。

「そんな人はいませんでしたね」

エミリーはテーブルに肘を載せ、両手に顔を載せると溜息を吐いた。

「そもそも、私が冒険者登録しているのは派手な冒険をするためではないので……」

「そうなのか？」

俺が聞き返すと、彼女は自分が冒険者をやっている理由を語り始めた。

「実は私、元々は魔法使いではなく錬金術師なんです」

『エミリーが錬金術師、それは意外というより納得できますね』

魔法でモンスターを討伐したりする魔法使いに対し、錬金術師は魔力を使いポーションなどの回復アイテムを作り出すことを生業《なりわい》にしている。エミリーの性格は荒事に向いていないので、錬金術師の方が向いていそうだ。

「冒険者登録していたのは、自分で使うハーブなどの素材代を浮かせるためというのが大きいです」

そんな錬金術師だが、これが結構金がかかる職業だったりする。

貴重な素材を組み合わせ、通常ではありえない効果を発揮するアイテムを作り出すことができるのだが、材料は貴重なせいもあり高く、失敗すると一から作りなおしになるのでなかなかリスクが大きい。

駆け出しの錬金術師は素材を買う金がないので、地力で調達しに森に入ることが多い。

エミリーと初めて出会った時も、収集依頼を受けていたことから、自分で作るポーションの素材を集めていたのだろう。

「錬金術をやっていたからハーブの扱いとかも慣れていて、私が収集してくる素材は結構評判いいんですよ」

エミリーは自分の鼻を掻くと「えへへ」と笑ってみせた。

「もしかして、マナポーションとかも作れたりするのか？」

俺は興味本位で聞いてみることにする。マナポーションを作ることができる錬金術師の数は少なく、結構な値段がするからだ。

「私は魔力がそこまで多くないので数本作るのがやっとですね」

「なるほど……」

エミリーが金策に困っているのなら、俺から依頼を出すのも手かと考えたのだが冒険者稼業と同時にはできなさそうだ。

「あの、ガリオンさん、よかったら私と――」

エミリーは真剣な表情を浮かべると、俺に何か言おうとするのだが……。

『ガリオン、そろそろ出発しないといけない時間です』

テレサに言われ、依頼人との約束の時間が迫っていることを思い出す。

「おっと、悪い！」

俺はエミリーに向かってそう言うと席を立ち、テレサと一緒にギルドを出た。

(それにしても、何を言おうとしたんだ？)

俺はエミリーが見せた何かに悩んでいるような目がどうにも気になるのだった。

「だから、依頼くらい好きに選ばせろっての！」

「いいえ、ガリオンさん程の冒険者を遊ばせておく余裕は、こちらにはありませんから！」

前回の依頼から一週間が経過し、俺とテレサが冒険者ギルドを訪れると、受付嬢が俺を見るなり腕を掴みカウンターまで引っ張ってきた。

胸が肘に当たり、最初は友好的な態度を見せていた俺だったが、話を聞く間に不機嫌になり、とうとう互いに怒鳴り合うようになってしまった。

「そもそも、皆さんが依頼をえり好みするからいつまでも片付かないんじゃないですか！」

よほど鬱憤が溜まっているのか、受付嬢はバンッとカウンターを叩《たた》くとその場の全員に聞こえるように声を荒げる。そのせいでこちらの様子を窺っていた冒険者が一斉に目を逸らした。

「だからって『ペットの魔獣の世話』なんて依頼、引き受けてくるんじゃねえよ！」

先日のローヤルゼリーのように、需要が少ない依頼とかで塩漬けになるのは理解できなくもない。それらの依頼は巡り巡って誰かの幸福の元となっているので、俺としても受けるのはやぶさかではないからだ。

だが、今回彼女が持ちかけてきた依頼は、とある貴族が飼っているモンスターの世話だった。

「私が受けたわけじゃないですよ！　仕方ないじゃないですかぁ！」

受付嬢は目に涙を溜め、俺の胸倉を掴むとシェイクする。この前も思ったがこの受付嬢、そんなところに座っているより明らかにこっちにいた方が活躍できるのでは？

「嫌なら断ればいいだろ！」

俺が正論を言うと、彼女は特大の溜息を吐き、

「それができるならとうにやってますからっ！」

その表情は苦悩に満ちており、冒険者と顧客と上司の間に挟まれたどうしようもないストレスを感

じているように見えた。

「今回の依頼は、貴族様からなんですよ！」

すると彼女は依頼人の素性を明かす。

何の酔狂かわからないが、金を持っている人間は特殊な趣味を持っている。

金さえ積めば手に入る宝石類などではなく、より珍しいものを所持したがるのだ。

今回依頼を出している貴族はカプセを含むここら一帯を領地として治めているらしく、広大な屋敷に住み、珍しいモンスターを飼っているのだとか……。

そのせいもあってか、冒険者ギルドはこの依頼を断ることができず、こうして受付嬢が受けてくれる冒険者を探す羽目になっているのだとか……。

「既に犠牲者が出ていて、もう誰もこの依頼を受けてくれないんですよ！」

Bランク以下の冒険者が数名この依頼を受けて、再起不能な目に遭っているらしく、受付嬢がいくら色気を振りまいても誰も首を縦に振らないようだ。

「ガリオンさんなら無駄に頑丈じゃないですか！　聞いてますよ、テンタクルスと正面からぶつかっても平気だったって！」

確かに、テンタクルスとガチで戦った俺に白羽の矢が立つのは仕方ないことだろう。

話に聞く限り、世話をする魔獣というのは【ヘルハウンド】らしい。強さで言えば単独でBランク程度と、確かに同ランクの冒険者ならば苦戦するが、俺とテレサならば問題なく倒せるモンスターだ。

「だからって、わざわざ危険な目に遭いたくはないんだよな……」

だがそれは、討伐するなら簡単という話で、ペットの世話ともなると話は別。傷付けたりすれば問題の貴族が黙っちゃいないだろう。

「お願いしますっ！　終わったらスペシャル接待してさしあげますから！」

必死な受付嬢の様子に俺がピクリと眉根を動かすと……。

『ガリオン、可哀想なので受けてあげましょうよ』

テレサが俺の前にわって入り、意見を言ってきた。

『話を聞く限り、この依頼を達成できるのは私たちしかいません。彼女にはこれまでも良くしていただいているのですから、恩を返すのも悪くないのでは？』

確かに、散々な依頼を回されもしているが、それなりに実入りの良い依頼も紹介してもらったことがある。

「まあ、テレサがそこまで言うなら……」

彼女のサポートがあれば、意固地になって断る程ではないので、俺は依頼を受けることにした。

「本当ですかっ！　助かりますっ！」

受付嬢は満面の笑みを浮かべると、俺たちに御礼の言葉を言う。

『ただし、一つだけ条件があります』

俺と受付嬢は、テレサが言う条件とやらが気になり、二人してテレサの書く文字に注目するのだが……。

『スペシャル接待とやらは絶対に行わないでください』

テレサがまるで敵を牽制《けんせい》するかのように受付嬢を睨みつけると、彼女はコクコクと首を縦に激しく振るのだった。


冒険者ギルドを出てから徒歩で数十分。俺とテレサは依頼主でもある貴族の屋敷を訪ねていた。

重厚な扉とレンガを重ねた分厚い壁がそそり立っている。

その高さは五メートル程に達しており、テレサのサポートがなければ俺でも飛び越えるのは厳しいだろう。

そんな風に、なぜか侵入する前提で考えていたのだが……。

『ガリオン、さっさと門番さんに声を掛けてください』

テレサに急《せ》かされ門の前に移動させられる。

「はい、問題ありません。お通りください」

冒険者カードを門番に見せるとあっさりと敷地内に通される。

もしかするとここで「貴様のような平民が貴族の屋敷に入れると思うな！」と追い返してくれるかと期待したのだが、物事は俺の都合の良い方向に流れないらしい。

『これで、やっと魔獣に会えますね』

中に招き入れられるとテレサは上機嫌で俺を見る。

「できれば会いたくないんだけどな……」

ここまで来て往生際が悪いと思われるかもしれないが、俺は獣型モンスターがあまり好きではない。

やつらは口から唾液を垂らし襲い掛かってくるので汚い。

どれだけ上手く避《よ》けようとも、顔や鎧《よろい》に唾液がかかるのを避けられないので、実はあまり闘いたくなかったりする。

後衛ということで、その辺の事情がよくわからないテレサが首を傾《かし》げていると、

「依頼を受けてくださった冒険者の方ですな？」

詰め所に老執事が現れた。

「お待たせしてしまって申し訳ありません」

待っていたのはほんの十分程になるのだが、なんなら永遠に来ないでくれても良かったくらいだ。

「普段は本邸にて勤務をしているのですが、たまたま近くにおりましたので良かったです」

貴族の館は広く、見知らぬ人間が歩き回るには館の人間が同伴しなければならないのだとか。

老執事は俺たちを案内すると早速敷地を歩き始めた。

流石は貴族の館ということもあってか、多くの従業員がいる。メイドや庭師の他に馬の世話人などとすれ違った。

彼らの住居もこの敷地内にあるらしく、途中いくつも建物があった。

これから魔獣と対峙《たいじ》することでゲンナリしている俺とは違い、テレサはキョロキョロと首を動かし、好奇心旺盛な様子で貴族の館を堪能している。

段々と人気《ひとけ》がなくなり、陽《ひ》が当たらない敷地の端まで来ると、老執事は足を止める。

「こちらが、今回面倒を見ていただくサティちゃんの小屋となります」

老執事はそう言うと、丁寧な動作で小屋を指差した。

「あきらかに大きさがおかしいだろ……」

たかが魔獣一匹を飼うには不釣り合いだ。

『ガリオン、あの檻《おり》から魔力反応があります。あれ、結界ですよ！』

テレサに言われるまでもなくその魔力を感じている。相当強固な結界のようだ。そのような結界がなぜペットの小屋の周辺に張られているのか、嫌な予感しかしない。

「よし、見るものも見たし帰るとする——」

俺は回れ右をしてテレサの背を押し、館から帰ろうと画策するのだが……。

「あらあら、あなたたちが今回依頼を受けてくださった冒険者さんかしら？」

あと一歩及ばず、依頼人が来てしまった。

目の前には、目が痛くなるようなド派手なドレスに身を包み、すべての指に指輪を嵌《は》めた太った女性が立っている。

「ブリンド伯爵家伯爵夫人ポンフリーですわ」

彼女はそう名乗ると扇を広げ口元を隠した。

「サティちゃんは閉じ込めているととても狂暴になるんですの。前の依頼から一ヶ月が経つので、相手をしてくださる方を心待ちにしておりましたわ」

『ウウウウウウウウウウウウウウウッ』

ポンフリーの言葉を裏付けるかのように、小屋の中からは不機嫌な獣の鳴き声が漏れている。

「そろそろ結界の維持も限界にきておりまして、一度結界を切ると魔力を充填《じゅうてん》して再起動するまで数時間かかるのです」

ようはその間サティちゃんが敷地内をうろつかないように俺たちに足止めしろと言っているのだ。

「それでは奥様」

「ええ、私は家の用がありますの。サティちゃんをよろしくお願いしますわ」

老執事とポンフリーはおそろしく速い動きでその場から立ち去って行くのだった。


目の前で結界が力を失い、檻が開きヘルハウンドが出てくる。

老執事の説明によると、この檻の魔力は一定時間経過しないと回復することがなく、それまでサティちゃんを表に出しておかなければならないとか……。

久しぶりの獲物に会えたからか、サティちゃんは興奮している様子だ。

アゴから涎《よだれ》が滴り落ちており、今にも飛び掛かってきそうな気配を感じる。

「おい、テレサ。分担をどうする？」

こうなったら仕方ない。こちらはSランク冒険者なのだ。二人で相手をすればどうにかできるだろう。

そんなことを考えていると……。

『ふわぁ……。可愛いですね』

テレサは目を星のように輝かせると、杖をギュッと握り興奮した様子でサティちゃんを見ていた。

「……わかった、まずは俺から行くことにする」

今の状態のテレサにサティちゃんを任せるわけにはいかない。俺は懐から骨を取り出すとサティちゃんの注意を引き付けた。

「ほーら、こっちにおいで……」

目の前で骨をブラブラさせると、サティちゃんはそれにつられて目を動かす。

近付いてみるとサティちゃんの身体はとても大きい。記憶が確かなら、野生のヘルハウンドはこれより二回りは小さいはず。

金持ちの家ということでよほど良い物を食べさせてもらっているのかもしれない。俺も飼って欲しい……。

サティちゃんは燃えるような赤い毛を逆立てると、必死に俺の手の動きを目で追っていた。

『ウウウウ？』

感情をそのまま表現したようにピンと立った毛は硬く、迂闊《うかつ》に触れれば怪我をしそうだ。

だが、骨の効果があったのか思っているよりも大人しい。サティちゃんは鼻を引くつかせると頭を下げそのまま近付いてくる。

「よーしよし、いい子だ。そのまま大人しくしているならこれをやるからな……」

冒険者ギルドの裏の解体所に転がっていたので何の骨かはわからないが、気に入ってもらえたようだ。魔獣の相手ということでピンときて用意したのだが、自分の機転がおそろしい。

『クゥーーーン』

案の定、サティちゃんは従順な態度を取ると可愛らしい鳴き声を出した。

「ははは、なんだよ。大げさに言いやがって」

冒険者ギルドの受付嬢も、ポンフリーも老執事も警戒しすぎだろ。

よく考えてみればヘルハウンドはBランクモンスター。それも野生を知らぬ飼いならされた魔獣だ。

これまで散々強力なモンスターと戦闘をしてきた俺に勝てるはずもないので、力量差を感じ取ったのかもしれない。

「強者を見抜くのは生きていくうえで大事だからな」

上下関係がはっきりしたので、俺はサティちゃんの目の前に骨を置き、頭を撫《な》でようと手を伸ばすのだが……。

「うん？」

何やら嫌な予感がしたので考えるよりも早く手を引っ込めた。


――ガチンッ！――


次の瞬間、思いもよらぬ動きでサティちゃんが首を動かし、先程まで俺の右手があった場所を噛《か》んでいた。

「うおおおおおおおおおっ！　あぶねえっ！」

『グルルルルルルッ！』

先程までの態度は演技だったらしく、目論見《もくろみ》が失敗に終わったサティちゃんはイライラした声を出し俺に襲い掛かってきた。

「くそっ！　かなり力強いぞ……」

ペットの世話ということで剣を外している。俺は噛みつこうとしてくるサティちゃんの口を両手で押さえると、必死に抵抗を続ける。

サティちゃんと至近距離で目が合った。その赤い瞳は欲望に燃えており、俺をなぶりものにする気満々に見える。

「おい、テレサ！　手を貸してくれ！」

涎で手が滑りこのままでは噛まれてしまう。怪我をさせるわけにもいかないので、テレサに助けを求めるのだが……。

『ワンワン可愛いです』

テレサはキラキラと目を輝かせたままサティちゃんに魅入っていた。どうやら彼女には俺とサティちゃんがじゃれ合っているように見えるらしい。

助けてはもらえないようなので、俺は覚悟を決めると手荒くいくことにした。

「このっ！　調子に乗るんじゃねえ！」

力を込めサティちゃんを押し返す。ペットに配慮とか怪我とか言っていられない。遠慮していたら腕の一本はなくなってしまうからだ。

『ガアアアアアアアアアアアアアアアッ！』

そこからは男と女（多分名前からしてメスだと思われる）の一対一の真剣勝負。

襲い掛かってくるサティちゃんの噛みつきを躱し、こちらからも攻撃を加える。

動きを読み、互いに組み伏せようとするのだが、隙が見当たらず膠着《こうちゃく》状態になった。

もしかしてこのままいけるのでは？

時間一杯まで凌《しの》ぐことができれば結界が回復して彼女には小屋に戻ってもらうことができる。そんな風に思考が逸れた瞬間を、サティちゃんは見逃さなかった。

『ゴオオオオオオオオオ』

「くっ！　こいつ、火を吐きやがったぞ⁉」

力では不利と判断したのか、サティちゃんは口から火を吐く。

「あっちぃ！」

すっかり油断していた俺は、どうにか避けるが炎が掠り肌が焦がされてしまう。

魔法による攻撃ならば吸収することもできたのだが、魔獣の吐くファイアブレスに魔力は関係ない。

『グルルン♪』

「いい加減にしろよ、糞《くそ》がっ！」

狼狽《うろた》える俺を、サティちゃんは機嫌良さそうに嘲笑《あざわら》ってみせた。

「いいぜ、この畜生が、人間様に逆らったら……どうなるか教えてやる」

いい加減頭にきていた俺は、完全にサティちゃんをぶちのめすつもりで構える。

サティちゃんもそれが理解できたのか、笑うのを止めると仰《の》け反《ぞ》り、ブレスの予備動作を取った。

『ゴオオオオオオオ』

俺が避けられないように首を振り、広範囲に炎をばらまき始めた。

手入れされた花や植物などに燃え広がり、このままでは消火もできない。

「うおおおおおお、食らってたまるかあああああ！」

とはいえ、俺にできるのは避けることくらいなので、サティちゃんがファイアブレスを吐く間、全力で走り続けた。

サティちゃんが火を吐けなくなるのが先か、俺が疲れて動けなくなるのが先か！

しばらくの間逃げ回っていると、いつの間にか周囲が炎で囲まれている。

「うっ！　まさか……これを狙っていたのか？」

サティちゃんは無計画に炎をまき散らしていたわけではなく、俺の逃走ルートを制限し、こうして追い込んだのだ。

『グルルルルン♪』

相手を罠《わな》に嵌め上機嫌のサティちゃん。

このままでは焼かれてしまう。そう判断した俺は、

「やられる前にやってやる！」

逃げ回るのを止め、サティちゃんに突進をした。

(殺さなければ別に構わないだろ。ちょっと気絶させて時間まで寝ていてもらえばいいんだ)

散々攻撃をされたから火を吐くタイミングもわかっている。顔を上げ、息を吸い込むタイミングで

蹴ってやれば……。

『スゥウウウウウウ』

「今だっ！」

視線が外れた瞬間、一気に距離を詰め顔を蹴りつけると、サティちゃんは地面を滑りながら全方位に火をまき散らした。

「おいたはそこまでにしておくんだな」

優位を握った俺は勝ち誇った笑みを浮かべると、これまでの鬱憤を晴らすようにサティちゃんに宣言する。

『ガルルルルル』

憎らし気な目で俺を睨みつけてくるサティちゃん。

俺とサティちゃんが睨み合っていると、

「は？」

『ガルッ⁉』

俺とサティちゃんは同時に嫌な気配を感じ、そちらを見る。

そこにはテレサが立っており、彼女が左手で持つ白銀の髪の先が焦げていた。

どうやら、先程のサティちゃんの火がテレサを掠め、髪を焼いてしまったようだ。

『私の髪が……』

彼女は俺たちを睨みつけると杖を構える。

それなりに長い付き合いになるので文字に書かれずとも、テレサが何を考えているのかが伝わってきてしまう。

『コ・ロ・ス！』


テレサの目が鈍く輝いた。

俺とサティちゃんは悲鳴を上げると互いに抱き合った。

「ひっ⁉」

『キャイン⁉』

そうしている間にもテレサの周囲から冷気が漏れ出す。彼女は氷の魔法が得意なので、周囲の火はあっという間に鎮火し、芝が凍り付いた。

怒り狂うテレサの周囲に氷柱が浮かびその先端がすべて俺たちに向けられている。

「ま、待て……テレサ、落ち着いて俺の話を……」

対話の余地なし。テレサが杖を振ると、氷柱が一斉に発射された。

俺とサティちゃんはこの後時間一杯まで、テレサの猛攻を協力して乗り越えることになるのだった。

「まぁまぁまぁ、サティちゃんがこんなに懐くなんて初めてですわ」

時間になるとポンフリーが老執事を伴って戻ってくる。

庭のところどころが焼け焦げ、あるいは陥没していたり、氷柱が溶けて泥になっていたりするのだが気にする様子がない。

普段からサティちゃんが荒らしているからなのだろう。

横を見るとテレサが泣きそうな顔をして自分の髪を弄《いじ》っている。

俺とサティちゃんは互いの背中を預け、どうにか生き延びたことにホッとしていた。

『キャインキャイン！』

檻の入り口が開き、サティちゃんはテレサから逃げるように中へと入って行った。

「これは今回の見舞金になります。いつも以上に酷い様子で……」

老執事があらかじめ用意してあった金が入った袋を俺に渡してくる。この依頼を受けた冒険者は大抵怪我をするらしく、その酷さに応じて報酬とは別に金を積むのだとか……。

もっとも、俺の怪我の大半はサティちゃんではなくテレサから受けたものなのだが……。

「それにしても、サティちゃんのあの嬉しそうな声、よほどあなた方のことが気に入られたのでしょうね」

このマダムは一度、目と耳を診てもらった方がよいのではなかろうか……。

明らかに怯《おび》えているサティちゃんに気付いてもいない。飼い主失格だ。

『いえいえ、動物は真面目に接すれば応《こた》えてくれるものですから。特に変わったことはしてませんよ』

テレサはポンフリーに対してそう告げる。

「もしよかったら、うちの専属になりませんか？　毎日サティちゃんと遊ぶだけで好待遇をお約束しますの」

これから毎日サティちゃんと一緒にテレサの攻撃魔法を避け続けろ、俺にはそう聞こえた。

「それは良いですな、奥様」

名案とばかりに笑い合う二人を見て、

「まっぴらごめんだああああああああ！」

俺は大声を上げるとその申し出を断るのだった。

4

「それでテレサさんが不機嫌なんですね」

サティちゃんの依頼の翌日、宿で休日をすごしていると、エミリーが訪ねてきた。

テレサはそっぽを向くと、恨めしそうに自分の髪を弄っている。

あの後、変にならないように両側の髪をバランスよく切りそろえたので見た目は気にならないのだが、本人は納得がいかないのか一日中髪を弄っていた。

「しかし、本当に酷い依頼だったぜ、報酬は確かによかったが、あの後、宿に戻ったらこんなものが服の中から出てきたんだ」

俺はテーブルに置く。

「これ、ヘルハウンドの牙ですか？」

「ああ、テレサの魔法が当たったのか、いつの間にか折れて服の中に入り込んでいたらしい」

文字通り、テレサに牙を折られたサティちゃんはこの先白銀の少女を見るたび悪夢にうなされるのではなかろうか……。

「それ、それなりに高級な素材ですよ」

「そうなのか？」

彼女は錬金術に明るいと聞いていたが、その言葉を聞き少し興味を惹《ひ》かれる。

『すみませーん、郵便でーす』

「はーい」

ミリィちゃんが郵便物を受け取り戻ってくる。

「テレサさんに手紙が来てました」

『私に……ですか？』

テレサは交友関係が広くなく、せいぜいエミリーや俺と話すくらいだ。当人も意外な表情を浮かべており、心当たりはない模様。

テレサは手紙を受け取ると、開けて読み始める。

そして顔を上げると、

『ガリオン、ちょっと付き合ってください』

嬉しそうにそう告げるのだった。

「しかし、まさか律儀に報告してくるとはな……」

翌日、俺とテレサは軽快な格好をすると近くの森を目指していた。

先日、テレサの下に届いた手紙だが、半年程前に家の解体工事を請け負った夫婦からだったのだ。

「無事出産して男の子が生まれたとは……」

その報告を見たテレサは、御祝いをしなければと俺に詰め寄ってきたのだ。

「しかしこいつは、他人のことばかりよく考えてるよな……」

機嫌良さそうに前を進むテレサを俺は観察する。

自身の呪いがどうなるかもわからぬというのに、身近な他人の幸福をこれ程まで喜ぶとは……。

『そういうガリオンも反対しなかったじゃないですか？』

聞こえていたのか、テレサが振り返りそう告げる。

『パーティを追放された見知らぬ魔法使いに声を掛けて仲間に誘ったり、呪いを解くために調べものまでしてくれているじゃないですか？』

テレサは『すべて知っていますよ』といった目で俺を見ると口元に手を当て笑った。

「まあ、俺の体質上、強力な魔法使いのパートナーは欲しかったからな」

実際、テレサと組んでから、これまで手が届かなかった高ランクの依頼もこなせるようになったし、決して善意だけではない。

俺はその点を強調して彼女に伝えるのだが……。

『ふふふ、そういうことにしておいてあげますね』

なぜか彼女からの評価は変わらず、横に並ぶと嬉しそうな笑顔を浮かべこちらを見た。

「まあ、あれだ。客にしてもここでお祝いをしておけば将来仕事をくれるかもしれないからな」

俺は頬を掻くとそう言う。しばらく俺を見ていたテレサだが、

『そこはもっと素直になってもいいと思いますけど』

仕方ないやつを見るような目を俺に向けるのだった。


「さて、ポワポワ鳥を探すわけだが……」

森に入ると、俺は早速テレサに話し掛けた。

今回の目的は出産の御祝いに贈ると縁起が良いとされている【ポワポワ鳥】の確保だ。

この鳥は、森の奥に生息している虹色の羽根を持つ鳥で、祝い事の際に丸焼きにして食卓に出し、皆で食べることで家庭円満を祝う。

とても美味しい料理なので、頻繁に食べたいと思うのだが、問題はこのポワポワ鳥、数が少ないうえ警戒心が強く素早いことで有名だ。

こちらが先に視界に入ろうものなら飛び立ってしまうので、捕獲するためにはいくつか注意しなければならない。

「まずは、テレサの頭をどうにかしないとな……」

彼女の銀髪は太陽の光を浴びると銀糸のようにキラキラと輝いてしまう。

木々に遮られてはいるが、森の中でも陽の光は降り注ぐ。警戒心の強いポワポワ鳥ならこの輝きを見逃さないだろう。

『そこの泥を被《かぶ》ればいいですかね？』

俺が言い出せないでいると、テレサはあっさりと解決策を講じる。

「いいのか？」

前回の依頼で、テレサが自分の髪を大切にしていることは嫌という程わかっている。そんな自慢の髪を故意に汚してしまってもよいのだろうか？

『構いません、洗えば済むことですし』

テレサに促され、俺は泥を掬《すく》うと彼女の銀糸にからめていく。輝きを失い汚れた姿になったが、それでもテレサの美しさは損なわれることがないように俺は感じた。

「ほら、終わったぞ」

泥で黒ずんだ髪を見て、これならば陽の光を浴びても反射することはないので、ポワポワ鳥に気付かれることはないだろう、と思う。

『ありがとうございます』

汚されてなぜか礼を言うテレサ。準備ができたので早速森の奥に入ろうかと考え、前を向いていると……。


――ベチャッ――

頭から冷たく粘る何かがかけられ、首筋を伝って背中まで流れ込んできた。

「おい、何をする？」

振り返ると、テレサが手一杯に泥を持ってニコニコとしている。

彼女は俺の質問に答えることなく次々に泥をかけてきた。

そして満足すると自分の顔にまで泥を付けた状態で息を吐き、

『これでおそろいですね』

やり遂げたとばかりにそう答えた。


森に入って半日が経った。

それまでの間、ホーンラビットやワイルドウルフをそれなりに見かけて狩ってきたが、本命のポワポワ鳥の姿はなかった。

本当に遭遇していないのか、こちらより早く察知して飛び去っているのかは定かではないが、モンスターの討伐依頼とは違うので、なかなか根気がいる。

このまま見付からず、仕切りなおすことになるんじゃないかと考えていると、ようやくターゲットを発見することができた。

「テレサ、あの木の枝に止まっているのわかるか？」

伏せた状態で、俺はテレサの耳元で囁《ささや》く。今は彼女に魔力の光すら出して欲しくないからだ。

テレサは俺が指差す先を見ると、ゆっくりと頷いた。

十数メートル離れた先にある高い木の枝にポワポワ鳥が三羽止まっていた。

陽の光を浴びて虹色の羽根が美しく輝いている。

この距離と迷彩のお蔭か完全に寛《くつろ》いでいる状態で、嘴《くちばし》で互いの羽根を毛繕いしている姿は見ていてとても微笑ましい。

二羽は身体が大きく、間に入っている一羽は少し小さいことから、もしかすると親子なのではないかと考えてしまう。

夫婦の出産を祝うためにポワポワ鳥を獲りに来たのだが、このような光景を見た後だとどうにも狩り辛い。そんな風に考えてしまうのだが……。

『………』

テレサは無言で杖をスッと掲げる。

「おい、テレサ?」

どうするつもりなのかと見ていると、魔力が発動し小さな魔法陣が展開された。

遠くで寛いでいたポワポワ鳥が顔を上げ違和感を察したようだ。

このままでは逃げられる。そんな焦りを俺が浮かべていると……。

――シュッ！　シュッ！　シュッ！――

風切り音が耳に届き、数秒後に枝に止まっていたポワポワ鳥が落下した。

そこで俺は、不可視の風の矢を魔法で作り出しテレサが放ったのだと気付く。

『ガリオン、回収してきてください』

俺はテレサに言われるままにポワポワ鳥を回収してくる。

落ち葉の上には三羽のポワポワ鳥が重なるように倒れていた。

すべて頭部に魔法を受けており、あの距離から三羽同時に、気付かれることなく、殺傷できる威力に調整したうえで、魔法を放った彼女に俺は戦慄を覚えた。

『なるべく傷が小さい方が良いと聞いたので頭を狙いました。どうです?』

追いついてきた彼女はこともなげにそう言うのだが、

「何か、色んな意味ですごくて言葉が出ないぞ」

獲物には一切容赦しない彼女に、俺はテレサだけは敵に回すべきではないと考えるのだった。


ポワポワ鳥を狩り、その足で夫婦の家を訪れた俺たちは、出産祝いの言葉を述べると彼らにポワポワ鳥を贈って宿に戻った。

夫婦には一番大きな鳥を贈ったので、余った二羽をミリィちゃんに渡すと、俺とテレサは湯浴みをする。

ポワポワ鳥を仕留めた直後にテレサに魔法で水を出してもらい、泥などを洗い流してはいたが、完全に汚れが落ちたわけではないからだ。

ポワポワ鳥はマスターの手に渡ったので、後日料理してもらう手筈《てはず》になっている。

ここのマスターの料理の腕は確かなので、どのような料理ができるか今から楽しみで仕方ない。

そんな期待を抱きながら丁寧に身体を洗い、時間をかけて湯船につかり身体を温めてから風呂から出る。

着替えを終えて食堂を訪れるが、テレサはまだ来ておらず、俺はミリィちゃんに食前酒を要求するとそれを呑《の》みながら待っていた。

しばらくして、テレサが姿を見せた。

風呂上がりで頬が火照《ほて》っている。先程汚してしまった銀髪も艶《つや》を取り戻しており髪をおろしていた。

俺がじっと彼女の髪を見ているとソワソワと目を左右に動かす。

『何ですか？』

テレサは指に髪を巻き付けると俺が見ていた理由を聞く。

「いや、別にどうという話ではないが、改めて見ると綺麗《きれい》な髪だなと」

汚れているのと比較すれば当然なのだが、

『そ、そうですかね？』

こういう時は何かにたとえた方がよい。俺はつい最近見た綺麗なものを引き合いに出すことにした。

「ポワポワ鳥の尾羽根にも負けないくらいに綺麗だぞ」

次の瞬間、テレサは冷めた目で俺を見て、正面に腰掛ける。

『ガリオンに何かを期待した私が馬鹿でした』

そして、何気に酷いことを言うと、ミリィちゃんを呼び、食前酒を注文する。

しばらくの間、酒を呑みつつ食事ができるのを待っていると、

『喜んでもらえましたね』

「ああ、あそこまで歓迎してもらえるとは思わなかったな」

先程、夫婦の下にポワポワ鳥を届けた際、驚かれると同時にとても喜んでくれた。

生まれたばかりの赤ん坊を見せてもらい、テレサはおそるおそる抱っこした。

『赤ちゃんってあんなに温かいんですね』

テレサはその時を思い出したのか柔らかく微笑んだ。

「それにしたって、幸せそうだったよな。あの二人幼馴染みらしいが、それだけ一緒にいれば仲良くもなるか？」

新婚と言うわりには互いのことを理解していて熟練夫婦のように寄り添っていた。それがとても眩《まぶ》しく、酒を呑みながらテレサに話して聞かせるのだが……。

「おい、何で笑ってるんだ？」

テレサは上機嫌でグラスを傾けると蕩《とろ》けるような目で俺を見ていた。

『ガリオンは気付いていないのですか？』

「何をだよ？」

『私たちが出会ってから、もう半年がすぎているんですよ』

そういえばそうだった。依頼を受けたのはテレサとパーティを組んでから二ヶ月後だった。

『それだけの時間を掛けて、私はガリオンのことを理解したと思っていますが、あなたはどうですか？』

そう告げるテレサを見ると、確かに俺も彼女のことを以前よりも理解できているのだと思う。

出会った時は無表情で何を考えているのかわからなかったが、今では様々な表情を見せてくれるようになり、自分の考えを話してくれるようになった。

「ミリィちゃん」

「はぁーい」

俺はミリィちゃんを呼ぶと、

「このワインと新しいグラスを二つ頼む」

『高いお酒じゃないですか、どうして？』

テレサが驚きながら聞いてくるので、

「俺たちの半年祝いがまだだったろ？」

そう答えると、

『そうですね』

嬉しそうに微笑む。

それから俺たちは、ワインが空になるまで盛り上がり、話をするのだった。

5

「それにしても、一体何の用なんだ？」

新婚夫婦のためにポワポワ鳥を獲りに行った翌日、俺とテレサが寛いでいると一人の使者が宿を訪ねてきた。

使者は先日依頼を受けた貴族からで、屋敷に来て欲しいとのこと。

『もしかして、サティちゃんとまた遊んで欲しいということではないでしょうか？』

テレサは首を傾げると自分の予測を口にする。

「いや、それは絶対にない」

今でこそ機嫌をなおしているが、あの時のテレサは本当に怖かった。サティちゃんの前に姿を見せたら粗相をしてしまいかねない。

とはいえ、前回に比べれば気楽なもの。サティちゃんが調教済みということもあってか、気軽な気持ちで門の前に立つ。

「マダムポンフリーに呼ばれてきたんだが」

「ええ、聞き及んでいます」

門番に話し掛けると顔パスで中に通してもらえた。

門番の詰め所で待っていると、馬車が停まり中から老執事が降りてくる。

「わざわざ御足労いただき、ありがとうございました」

老執事は丁寧に腰を曲げると洗練された御辞儀をする。

「まあ、今日は暇だったからな」

前日の疲労が残っているので今日は休みと決めていた。

「それでは、本館にて奥様がお待ちです」

俺たちは馬車に乗せられると、奥の方にある本館へと案内されるのだった。


「ようこそ、お待ちしておりましたわ」

館に入ると、マダムポンフリーが出迎えてくれた。

吹き抜けのエントランス、正面には三階まで続く階段がある。天井にはクリスタルで作られたシャンデリアがあり、クリスタルの中に仕込まれた照明の魔導具がキラキラと輝いている。

この館では時々パーティーが開かれるらしく、これ程広いフロアを着飾った男女が踊るのはさぞ凄い光景に違いない。

そんなことを思っている間に、マダムポンフリーは俺たちに近付くと、

「実はガリオンさんとテレサさんに頼みたいことがありまして」

「サティちゃん専属の話なら断ったと思ったが？」

嫌な予感がして牽制をしておく。

ところが、マダムポンフリーは首を横に振ると、

「いいえ、私がお願いしたいのはシーサーペントの捕獲依頼です」

意外な話に俺は驚きの表情を浮かべた。

「あれから、あなたについて調べさせたところ、ガリオンさんは単独でテンタクルスを討伐されておりますわよね？」

「世間ではそうなっているが、実は陰でテレサの活躍が大きいんだ」

俺が訂正すると、彼女は意に介さない様子で続きを言う。

「実は、今度この館でパーティーを開催するのですが、先日お呼ばれしましたパーティーでドラゴンの丸焼きを御馳走《ごちそう》になったのです。こちらも同等以上の食材を用意しなければブリンド伯爵家の名を汚すことになってしまいます」

貴族同士の見栄の話らしい。ドラゴンもシーサーペントも強力なモンスターなので、討伐するだけでも危険な存在だ。

確かに、俺とテレサなら何とかできるかもしれないが、テンタクルスの時は他の冒険者という保険もあった。

「ガリオンさんはまだ、貴族とのコネをお持ちではないのでしょう？　この機会に、当家と懇意になるのは悪くないと思いますが？」

俺が悩んでいると老執事が後ろに立ち、耳元でそっと囁いた。

一流の冒険者になると、貴族や商家とのコネもできてくる。

テレサも俺もSランクなので、今後の活動を視野に入れるならここらで太客とのコネを考えるのも悪い話ではない。

テレサに視線を送ると『ガリオンにお任せします』とばかりに頷く。俺が悩んでいると……。

「先に受けていただいた際の報酬についてお話ししておくべきでしたね」

マダムポンフリーは思い出したかのように告げる。

「今回の報酬は、シーサーペント討伐で白金貨五枚。さらに私のコレクションの中からバイコーンの角をお付けいたします」

その報酬に俺とテレサはお互いの顔を見合わせ驚く。

バイコーンの角は白金貨二十枚で取引される高級レア素材だからだ。

「こっちのことをそこまで調べているってことか……？」

テレサが声を出せない件については、先日の様子から察しているに違いない。

「ええ、そちらのテレサさんは呪いで声が出ないとか。ガリオンさんたちがそれを治すことを当面の目標にしているのは聞き及んでおります」

俺たちの目的がテレサの声を取り戻すことだとポンフリーは調べていた。

「とはいえ、シーサーペントがいる場所までの足と運ぶ手段がない」

俺は返答を先延ばししようとする。

「勿論、道中は馬車で送らせていただきますわ」

狩ったシーサーペントを確保するため道中の送迎付き。これならば条件は悪くないのだが、ドラゴンと同等クラスを二人で倒すとなるとすぐには頷けない。

「少し考えさせてくれ」

自分たちの身の危険がかかってるので、俺はすぐに返事をするのをやめた。

「私、ポワポワ鳥なんて初めて食べますよ」

マダムポンフリーの館から引きあげた俺たちが宿に戻ると、エミリーが既に来ていた。

先日、狩ったポワポワ鳥だが、二人では食べきれないと考えて、食べに来ないかと声を掛けていたからだ。

「そうなのか？」

普通はこの歳になるまでに周囲で結婚する者がいるので一、二度は食べたことがあるもの。

俺が意外そうな目で見ると、

「たまたま、結婚する方が近くにいなかったので……」

エミリーはそう言うと笑顔を浮かべる。

「お待たせしました、ポワポワ鳥の蒸し焼きです」

少しして、ミリィちゃんが腕一杯に抱えた大皿を持ってきた。

「「うわー！」」

俺とエミリーは思わず声を上げてしまった。

皿の中心には今回のメインとなるポワポワ鳥の丸焼きが置かれ、周囲には彩りの野菜と果物がこれでもかというくらい盛り付けられている。

三種類のソースが入った皿がそれぞれの前に置かれる。

「ポワポワ鳥の血とワインを煮詰めたソース、オニオンをすりおろしたソース、リンゴと蜂蜜が入った少し甘いソースです」

ミリィちゃんがソースの味付けについて説明をする。

「今回の料理はポワポワ鳥を捌《さば》いて中に香草を詰め、塩で固めて地面に埋めて上で火を焚《た》いて半日蒸し焼きにしました」

地面を掘り起こし、塩の塊を割ったばかりなのか、皮の表面から肉汁が垂れ落ちている。

食堂をむせかえらんばかりの香草の香りと塩の匂いが満たし、鼻腔《びこう》をくすぐる。

「では、切り分けますね」

ミリィちゃんがポワポワ鳥にナイフを入れると、断面から肉汁が溢《あふ》れ出た。

「これ、絶対に美味しいやつ」

『とても良い匂いがします』

「良いのでしょうか、こんな美味しそうなものを私も食べてしまって」

俺とテレサとエミリーは目を輝かせると、ミリィちゃんが切り分けるポワポワ鳥に夢中になった。

白い皿にポワポワ鳥と野菜と果物が盛り付けられ、ソースで線が描かれる。

民間の縁起物料理も、この宿にかかれば高級料理となる。

「お父さんが腕によりをかけて料理しましたからね。熱いうちに召し上がってください」

ミリィちゃんは三人の席の前に皿を並べると、やり遂げたかのように満足げな表情を浮かべた。

これ程美味しそうな料理を前に我慢などできない。俺たちはナイフとフォークを掴むと、早速ポワポワ鳥の料理を食べ始めた。

「美味い」

噛みしめると口の中に香草の豊かな香りが広がり、肉汁が溢れ出す。野菜や果物を食べると口の中の鳥の脂がスッキリしてまた肉に手を伸ばさずにはいられない。

さっぱりとこってりを交互に繰り返すので、無限に食べられそうだ。

「凄いです。こんなに美味しい鳥肉料理、初めて食べました」

エミリーは口元に手を当てると目を大きく開き料理を味わっている。

『…………』

正面を見ると、テレサが幸せそうな顔をしてポワポワ鳥を堪能していた。その表情たるや、これまで様々なテレサを見てきた俺にしても五本の指に入るくらいの笑顔だ。

「いいなぁ……」

そんな俺たちを見ていたミリィちゃんは羨ましそうな声を漏らした。

「俺たちだけじゃ食べきれないし、ミリィちゃんにもおすそ分けするぞ」

思わず本音が漏れてしまったのだろう。給仕に徹していたミリィちゃんの言葉を俺は拾い上げた。

『ミリィも一緒に食べましょう』

テレサもミリィちゃんに誘いを掛ける。

「いえ……流石に、御客様の料理に手を付けるわけには……」

店と客という垣根を気にしているのか、ミリィちゃんは遠慮気味に断ろうとする。だが、俺とテレサの中ではミリィちゃんとの関係はもはやそんな枠でくることができない。

「マスター。マスターの料理をミリィちゃんにも食べて欲しいんだが構わないよな？」

彼女が遠慮しているのなら、その原因を取り除けばいい。父親から了承を得れば問題はないのだ。

マスターと目が合うと、彼はコクリと頷く。寡黙な料理人でほとんど話したことはないのだが、その分ミリィちゃんが愛想を振りまいているのでバランスがとれているのだろう。

「ほら、オーケーだってさ」

「あ、ありがとうございます。ガリオンさん。テレサさん」

ミリィちゃんは瞳を潤ませると俺たちに礼を言った。

マスターが皿を運んできてミリィちゃんに渡すと、彼女はポワポワ鳥を皿に盛り付け、席に着いた。

「んんー。美味しいです」

右手でフォークを持ち左手を頬に当てたミリィちゃんはうっとりとした表情を浮かべて料理を絶賛した。

「だろ、こんな美味い料理は皆で楽しまないとな」

「私まで呼んでいただいて、ガリオンさんとテレサさんに大感謝です」

『私たちも二人に喜んでもらえたなら苦労した甲斐《かい》がありますね』

全員笑顔になり美味しい料理を共有する。それこそがこの料理を出す意義なのではないか、俺は料理を食べながらそんなことを考えている。

しばらくの間、全員が料理に夢中になり、ある程度落ち着いてくると……。

「そう言えば、この状況なんですけど……」

ふと何かに気付いた様子でミリィちゃんがポツリと漏らした。

「うん、どうした？」

全員がミリィちゃんに注目する。

「ああ、いえ、そんな。本当に少し思っただけなんです」

『いいから、言ってみてください』

そこまで引っ張られると気になる。テレサはミリィちゃんに続きを促す。

すると彼女は、頬を赤らめると、少し気まずそうに俺たちを見ると確認してきた。

「ガリオンさんとテレサさんは、新婚夫婦の出産お祝いのためにポワポワ鳥を狩ってきたんですよね？」

「そうだけど……」

風習に従って行動したつもりだが、何か手順に間違いでもあったのだろうか？

そんな不安を抱いたのは俺だけではなく、テレサと目が合うと彼女も首を傾げた。

そんな俺たちに対し、ミリィちゃんは「んんっ」と咳払いをすると正しい知識を授けてくれる。

「そもそも、ポワポワ鳥を狩る風習って子沢山を祈るもので、夫婦となる二人が共同でポワポワ鳥を狩って、それを親しい人たちに振る舞うことで『今後ともお付き合いよろしくお願いします』と挨拶するものなんですよ」

「つ、つまり、ガリオンさんとテレサさんって……」

その説明を聞き、エミリーは顔を真っ赤にして俺たちを見た。

「いや……決してそういう意味でやったわけじゃ……」

俺とテレサでポワポワ鳥を狩ってきて、親しい友人でもある二人を招待して振る舞った。行動だけ切り取れば、風習のままだ。

「まあまあ、そんなに照れることないじゃないですかぁ」

ミリィちゃんは獲物を見付けたように笑うと俺たちをからかう。

「私も心から応援させてもらいます」

複雑な表情を浮かべるエミリーも、よくわからないことを言い始める。

「テレサ、お前さんからも何とか言ってくれ」

妄想を重ね突っ走る二人の相手は俺には荷が重い。せめてテレサの助力を得られればと彼女に振ってみるのだが……。

『夫婦……共同作業……子沢山……』

ミリィちゃんが言ったことを頭の中で整理しているのか顔を真っ赤にしている。そんなテレサは俺と顔を合わせると、

『わ、私はもうお腹《なか》いっぱいなので、後は三人でどうぞ』

立ち上がり、あっという間に食堂を出て行った。

「ニヒッ……テレサさん可愛いんだぁ……」

ミリィちゃんはポワポワ鳥以上の御馳走を目にしたかのようにテレサが出て行った先を見て笑う。

「私もいつか、良い人と巡り会ってポワポワ鳥を振る舞ってみたいです」

エミリーも頬杖を突くと憧れる乙女のような顔をする。

そんな二人を放置して俺が溜息を吐いていると、マスターが茶を淹れ、肩をポンと叩いてサムズアップする。

「別にそこまで気にする必要はないだろうに……」

出て行ったテレサの態度に、俺は妙にむずがゆくなり頭を掻くのだった。

二章・無口な魔法少女はシーサーペントを釣る

6

馬車が揺れる中、俺とテレサは外の景色を眺めている。

カプセの街を出発してから四日経《た》ち、俺たちを乗せた馬車は街道を外れ段々と人気《ひとけ》のない場所へと向かっていた。

「なあ、御者の人？」

「はい、何でしょうか？」

ここ数日の間、ほとんど口を開かなかった御者に俺は声を掛ける。

「街道を外れて随分と経つが、道は合っているのか？」

「ええ」

俺が心配して聞くと、彼はぶっきらぼうに頷《うなず》いた。

疑惑を浮かべるが、彼は貴族に雇われている。よもやこちらの不利益になるようなことはすまい。

そう考えていると、

『ガリオン、見てください。海です』

テレサは俺の肘を突《つつ》くとそう言った。

「海なんてこの前も見ただろ」

ほんの数週間前まで、俺たちは深海祭の仕事で散々海を見てきた。今更珍しがる必要はあるまい。

『ですが、あの時はほとんどの時間を働いてすごしたので』

地獄の暑さの中、労働したことが思い出される。

「ま、あの時に比べたら、今回はまだましだろうな」

『そうですね、あれより酷《ひど》いことはないはずです』

俺とテレサは笑った。

まさかその言葉がフラグになると、この時の俺とテレサは思ってもいなかった。


「こちらで、降ろすように言われております」

それから数日後、俺とテレサはシーサーペントが出現するという場所で馬車を降ろされた。

目の前は岩だらけで、近くには森はおろか平原もない。

眼前には海が広がっているのだが、深海祭のような陽気になれる観光地ではなく、波が高く荒れている。かろうじて、船着場が見えるが、人の手で作られたものはそれだけだ。

「それでは、次の馬車は一週間後に来ますので」

食糧とテントを下ろすと、御者は馬車で走り去って行ってしまった。

『もしや、ここでサバイバルでしょうか？』

テレサも置き去りにされたことに気付くと、あっけらかんとした表情を浮かべている。

「あの……ばばあ、嵌《は》めやがったな……」

こうなると高額の報酬も頷ける。

俺たちはシーサーペントを狩るまでここに居続けなければならないということだ。

先日、深海祭よりはましだと言ったが、この陽気の中をテント一つで凌《しの》がなければならないことを考えると環境の劣悪さは五分、補給が受けられないことを考えるとなお悪いかもしれない。

「やっぱり貴族はくそかもしれない……」

俺がそう言うと、

『まあ、ひとまず拠点を作りましょう』

テレサはそう言うと、テントを組み上げる準備をしていた。


「うーん、現れない」

数日が経ち、俺とテレサは磯場《いそば》で退屈な時間を持て余していた。

どこまでも続く海原に変化はなく、シーサーペントはおろか、モンスターの気配すらない。

「テンタクルスの時は光に寄ってくる習性を利用できたんだが……」

俺たちは海洋生物に明るいわけでもなく、ここでシーサーペントの目撃情報があるからと連れてこられただけ。

現れてくれれば倒せる自信があるが、現れなければどうしようもない。

そんなわけで、退屈を持て余しているのだが、

『こんなこともあろうかと、水着を持ってきて良かったですね』

目の前には水着姿のテレサが立っていた。

いつぞやの深海祭で着ていたのとは違うが、とてもお洒落《しゃれ》な水着で彼女に似合っている。依頼終了時に「好きな水着を持っていっていい」と言われたのでもらっておいたらしい。

「俺はこんな事態は想定していなかったんだけどな」

俺も水着を着ているのは、テレサが俺の分まで水着を持ってきていたからだ。

『それで、今日は何をしましょうか？　いい加減棒倒しは飽きました』

獲物が現れるまでひたすら待つしかできない。

こんなことなら本を持って来れば良かったと後悔するのだが、水場や日差しの強い場所での書物は厳禁なので用意していない。

「それもいいが、いい加減携帯食に飽きてきた」

俺がそう言うと、テレサは首を傾《かし》げ俺が何を言いたいのか推し量る。

ポンフリーが用意した食糧は、この暑さの中でも悪くならないように、保存食や塩分の多い干物が多く、数日もすると食べ飽きてしまう。

『とはいえ、近くに平原や森もないわけですが？』

テレサの言う通り、近くに平原も森もないので小動物を狩ろうにも獲物がいない。

「俺たちの目の前には何がある？」

ザッパーンと波の音が立つ岩礁を俺は指差す。

『海ですね？』

テレサはさも当然というばかりに首を傾げた。

俺はわけ知り顔をすると、

「そう、魚が泳ぐ海が広がっている」

足りないなら釣ればいい。俺はテレサにそう宣言をした。


じりじりと陽の光が降り注ぐ中、俺とテレサは横に並んで海面を見続けていた。

俺は頭からタオルを被《かぶ》り陽の光を遮っているのだが、テレサは麦わら帽子を被っている。

さらに、俺が汗を掻《か》いているのに対し、テレサは自分の身体に冷気を纏《まと》わせているので涼しい顔をしていた。

彼女の方から時々冷たい空気が流れてくるのが実に気持ちいい。そんなことを考えていると……。

『釣れませんね、魚』

テレサは頬杖《ほおづえ》をつくと溜息《ためいき》を吐《つ》く。

魚を釣って食べようと考えてから数時間が経過した。

陽が昇り昼時をすぎても竿《さお》先は下がることなく、俺とテレサは無駄に海面を眺めているだけだった。

「もしかするとこの海に魚はいないんじゃなかろうか？」

魚がいないから釣ることができず、餌がいないからそれを食べるシーサーペントも姿を現さない。

実に鋭い考察だと思う。

『そういえば、今回の報酬なんですが……』

退屈だったからか、テレサが話題を振ってきた。

『バイコーンの角が手に入ったら、扱える錬金術師を探さなければなりませんね』

俺とテレサが今回の依頼を受けたのは、本来なら高い金額を積まなければ手に入らないバイコーンの角を手に入れ、テレサの解呪をできないかと考えたからだ。

「確かに、加工を頼む錬金術師には拘《こだわ》りたいよな」

錬金術には失敗がつきもので、レアな素材である程、調合が難しいとエミリーから聞いたことがある。技量が足りない錬金術師に依頼したばかりに素材を無駄にしてしまった悲惨な客もいるのだとか……。

それでなくとも滅多に手に入らない素材なのだから慎重に扱わなければならないだろう。テレサもそれがわかっているからか不安そうな顔をしているようだ。

「いざとなったらマダムポンフリーに紹介してもらえばいいだろ」

貴族ともなれば、お抱えの錬金術師の一人や二人いるはず。

彼女に紹介してもらえば、そこまでレベルの低い錬金術師に当たることはないだろうから、安全策として考えておくべきだろう。

俺が方針を告げると、テレサは俺に身体を寄せる。

『いつも、助けてくれてありがとうございます』

肩にひんやりとした感触が伝わる。テレサがもたれかかってきて目を閉じていた。

「別に、お前さんの呪いを解く目標は、俺が決めたことだからな」

感謝されたくてやっているわけではない。ただそうしたいからという自分の気持ちに従っているだけだ。

『それでも、私はガリオンとパーティを組めたことが嬉《うれ》しいですから』

白銀の瞳を向けてくる。薄紅の唇が目に入り、目を離せないでいると……。

『あっ！』

テレサが短く文字を書きそちらを見ると、竿先がピクピク揺れていた。

「このっ！」

釣り竿を持つと、竿を通して魚の反応を感じ取ることができる。

『かかっているのですか？』

「ああ、結構でかい！」

集中しなければならず、俺は力を入れ竿を上げるのだが、かかっている魚の抵抗が激しくなかなか引き上げることができずにいる。

「これは大物だ！　飯が期待できるぞ」

『やりましたね！　新鮮なお魚が食べられます』

テレサは既に釣った気でいるのか、料理に想《おも》いを馳《は》せ楽しみにしている。

「ふんぬうううううううううう」

俺が思いっきり竿を引き上げると魚が釣られ中空に浮かんだ。

『大きいですっ！』

テレサが喜び、俺も食いでのある魚に涎《よだれ》を垂らしそうになっていると……。

『グオオオオオオオオオオオオオオオオオオオオオオオオオオ』

海面から現れたシーサーペントが大口を開けてパックリと俺たちの魚を食ってしまった。

「はっ？」

『えっ？』

思わぬ横取りに、目を丸くする俺とテレサ。

シーサーペントは俺たちの魚を美味《うま》そうにバリボリと食うと、

『グエエエップ』

まるでこちらに当てつけるかのようにゲップをした。

『ああああああ、私のお魚が……』

せっかく、新鮮な海の幸にありつけると思っていたのに、目の前で横取りされたテレサは目に涙を溜《た》めシーサーペントを睨《にら》みつける。

彼女は無言で杖を取り出すと、魔法陣を描き巨大な火の玉を生み出した。

「ちょっと待て！　それはまずい！」

俺は後ろからテレサを羽交い絞めにして魔法を消し去る。

テレサは俺を睨みつけると『どうして止めるんですか？』とばかりに批難してきた。

「あいつが俺たちの目的のシーサーペントだ！　焼き殺したら料理に使えなくなるだろ！」

『グオッ♪　グオッ♪』

俺がテレサを止めている間も、シーサーペントは楽し気に鳴いている。明らかにこちらを挑発している。

『だったら、ガリオンの剣でやってください』

テレサは一刻も早く盗人《ぬすっと》を始末しろと俺に言ってくる。

「まあ、ここで倒さないといけないわけだからいいけどさ」

『では、プランCで行きます』

俺とテレサは戦闘方法についてあらかじめ取り決めを行っている。プランCというのは俺が主体で戦う作戦だ。テレサが杖を振ると風が巻き起こり、俺はその風に乗り舞い上がった。

『グオッ？』

視界から消えたからか、シーサーペントは首を振り俺の姿を探す。

テレサの魔法で上空に舞い上がった俺からはシーサーペントの動きがよく見えた。

俺は次の衝撃に合わせて待機する。

次の瞬間、上空に突如現れる風の衝撃波を受けた俺はふたたび吹き飛ばされるシーサーペントの背後に回り込んだ。

「こっちだ！」

『グオッ？』

振り向くころにはそこにはいない。テレサ程の魔法使いになると、威力は落ちるが離れた場所に魔法を発生させることもできる。

今回はそれを利用して、テレサが風の魔法を起こし高速移動することで空中での戦いを実現させた。

とはいえ、これはパートナーを完全に信頼していなければできない曲芸で、彼女が一つでも間違えば、俺は海に真っ逆さまに落ちてしまいシーサーペントに齧《かじ》りつかれてしまうだろう。

風で弾《はじ》かれるたびに剣を振るい、確実にシーサーペントにダメージを与えていく。

この直線の動きにシーサーペントはついてこられず一方的に傷を増やし続けている。

魔力こそ大量に消耗するが、このやり方ならば海上にいるモンスター相手でも有利に戦いを運ぶことができる。俺とテレサは益々速度を上げると攻撃を繰り返した。

『グオオオオオオオオオオッ！！！』

やがて、どうやっても俺たちを捉えることが不可能だとわかったからか、シーサーペントは叫び声を上げると逃げようとした。

「テレサっ！」

彼女もそれに気付いたのか、連続して風を起こし、高速で俺の身体を振り回すと、

『行ってください』

言葉にせずとも彼女の意思が伝わってくる。

眼前にシーサーペントの口が迫ってくる。俺は身体を捻《ひね》るとシーサーペントの眉間に剣を突き立てた。

『グオ……オ……？』

それがトドメとなり、シーサーペントは倒れるのだった。


「流石《さすが》、ガリオンさんとテレサさんですわ」

二週間ぶりに見るポンフリーは満面の笑みを浮かべると俺たちの手を取った。

従業員が手分けして、シーサーペントを運んで行く。

鮮度を損なわないように、テレサが魔法で氷漬けにしているからか、とても大変そうだ。

「正直、サバイバル生活をさせられるとは思っていなかったんだが」

「ほっほっほ、シーサーペントは大勢の人間がいると姿を見せませんからな」

俺の皮肉が通じず老執事は笑いを浮かべている。まことに食えない爺《じい》さんだ。

「まあいい、それより報酬をもらおうか」

散々サバイバルをしたので身体が痛く、さっさと報酬を受け取って宿で休みたい。

「こちらが、バイコーンの角になります」

末端価格で白金貨二十枚はくだらない素材をようやく手にすることができた。

ホッと一息吐くがまだ話は終わっていない。

「ついでに、こいつを扱える錬金術師を紹介してくれ」

素材だけあっても、霊薬を作ることはできない。俺はマダムに詰め寄る。

「それが、お抱えの錬金術師はサロンメンバーの美容薬を作るのに精一杯ですの」

優秀な錬金術師というのは引っ張りだこで、薬を作ってもらう約束を取り付けても数年先になるのだという。

「そりゃねえよ」

「一応、こちらの方で紹介することはできますが、腕が確かな錬金術師の空きは数年先かと……」

「そんなに待つのはちょっとな……」

俺もテレサも気が長い方ではあるが、解呪は早い方がいい。

「もし、キャンセルなどで早まるようでしたら手紙でお知らせしますぞ」

老執事にそう言われてしまうとこれ以上食い下がるわけにもいかない。

「それじゃあ、ガリオンさん。またお願いしますね」

結局、ポンフリーにいいように扱われた俺とテレサは、バイコーンの角を持つと宿へと引き上げて行くのだった。


「さて、どうするかなぁ?」

テレサの部屋に入り込んだ俺は、机の上に置かれたバイコーンの角を弄《いじ》っていた。

霊薬を作ることができる素材で、これならばテレサの呪いを解く可能性があるのだが、問題はそれをなせる錬金術師に心当たりがないこと。

『まあ良いではないですか。手元に素材があれば錬金術師に依頼できれば先に進めるのです』

自分の呪いだというのに、テレサは特に気にすることなくお茶を飲んでリラックスしている。

『それより、久しぶりの文明の恩恵です。ガリオンもお茶いかがですか？』

サバイバル生活をそれなりに楽しんでいるように見えたテレサだが、やはりあの環境は過酷だったのか、ニコニコ笑っている。

俺はそんな彼女を見て席を立つと、テレサは俺がどうするつもりなのか見上げてきた。

「茶もいいが、今は酒が呑《の》みたい」

俺がそう言うと、テレサはカップを置き、

『私も行きます』

そう言って俺の服を掴《つか》むとついてくるのだった。

7

翌日になり、朝目が覚め食堂を訪れると、なぜかエミリーが来ていた。

「よっ、おはよう」

声を掛ける俺に対しエミリーは神妙な顔をしている。

「またガリオンさん、セクハラをしたんですか？」

そんなエミリーの様子を見てミリィちゃんは疑惑を持ちかけてきた。

「そんなばかな、俺がセクハラをするのはテレサだけだ！」

自分に好意を寄せてくれていた相手にセクハラなどしたら駄目なことくらい俺にもわかる。

『いえ、私にも止《や》めて欲しいのですけど……』

「お、テレサも起きてきたか」

気配を感じさせず隣に立っていたテレサに俺は朝の挨拶をする。

「とりあえず、二人とも座られてはいかがでしょうか？」

他の客も寛《くつろ》ぐなか、立っている俺たちはいささか目立つ。ミリィちゃんの言葉に従い、俺とテレサはエミリーの正面に腰掛けた。

俺とテレサはミリィちゃんにいつものように朝食を注文するとエミリーを見た。

「それで、何か悩んでいるんじゃないのか？」

『私たちで良ければ力になりますよ』

俺もテレサもエミリーを友人だと思っている。そんな彼女が悩んでいるのなら力になってやるのはやぶさかではない。

俺たちの言葉が届いたのか、エミリーは事情を話し始めた。

「実は、実家から手紙が届いて、戻ってくるように書かれているんです」

テーブルの上に置かれた便箋は、分厚いしっかりとした紙でできているようで、このような上質の紙を使えるということは、エミリーの実家は裕福なのではと推測する。

『帰ればよいではないですか。たまに、親に顔を見せるのは大事ですよ？』

テレサは首を傾げると不思議そうな目でエミリーを見た。

エミリーはなんとも複雑そうな顔をする。

「もしかして、婚姻の話が出ているとか？」

「いえ、そうじゃないです」

エミリーはパタパタと手を振り慌てて否定する。

「ただ、冒険者の仕事も指名依頼をもらえるようになってきたのでここで流れを止めたくないなと」

『ああ、エミリーの卸すハーブ類は質が良いですからね』

錬金術を齧っているだけあって、エミリーの素材を見る目は確かだ。

「それにしたって、別にちょっと行って顔を見せてくるだけじゃないか。もしかして両親が苦手なのか？」

仕事も大事だが、たまの家族との再会を蹴るには弱い気がするのだが……。

「両親は苦手ではないです。ですが、距離があるので……」

彼女はそう言い淀《よど》んでみせた。

「エミリーの実家ってどこなんだ？」

そういえば、彼女の出身地を聞いたことがないと思い聞いてみる。

「私の故郷はガーデナル魔導国です」

ガーデナル魔導国。千二百年程の歴史を持つ魔導大国で、主に魔法や錬金術が盛んだ。

魔導具やポーションなどの輸出が収入のメインで、他には巨大カジノなどもあり金を持った観光客がそれを目的に訪れている。

俺たちが今いるカプセからなら馬車で二週間程で辿《たど》り着くことができるだろう。

往復で一ヶ月、実家の用事とやらも含めると二ヶ月は戻ってこられないかもしれない。

「私としても、一度戻らないといけないとは考えているんですが、それ程の距離を一人でというと……」

要は戻る気はあるが、一人では怖いということか。

エミリーはか弱い女の子だ。ただでさえ冒険者は荒っぽい連中が多いのに、エミリーみたいな娘が一人でいたら良からぬことを企《たくら》む人間は多いだろう。

そんな彼女を見ていてふと考える。

「待てよ、ガーデナル魔導国ともなれば、錬金術師もゴロゴロいるよな？」

「ええ、そこまで沢山というわけではありませんが、普通の国に比べたら多い方ではないかと……」

「実は俺たち、バイコーンの角を手に入れたんだけど、霊薬を作る当てがなくて困ってるんだよ」

俺はエミリーにバイコーンの角を手に入れた経緯《いきさつ》を説明した。

「つまり、テレサさんの呪いを解くための霊薬を作製してくれる錬金術師を探しているってことですね？」

口元に手を当てポツリと呟《つぶや》くエミリー。

『もし良かったら、私たちと一緒に商隊の護衛依頼を受けませんか？』

どうやらテレサもそのつもりだったらしく、エミリーに提案した。

「い、いいんですか？」

自分の事情に付き合わせるようで申し訳なさそうな顔をするエミリー。

「気にすることはないだろ。俺たちも目的があってガーデナル魔導国に行くんだし、旅は道連れってやつだろ？」

エミリーは瞳を潤ませると、感極まったような表情を浮かべ、席を立ち、回り込んできた。

テレサの手前、この手の感謝はあまり受け入れられないのだが、俺が両手を広げエミリーが胸に飛び込んでくるのを待っていると、

「御二人とも、ありがとうございます！」

エミリーはテレサの胸に顔を埋《うず》めると顔をぐりぐりと動かした。

困った娘を見るような目でエミリーを見て頭を撫《な》でるテレサ。俺は両手を広げたまま固まっているのだが……。

「ガリオンさん、何してるんですか？」

朝食を運んできたミリィちゃんが変人を見るかのような目を俺に向けてきた。

「体操かな……？」

俺はそんな彼女にそう答えるのだった。

エミリーとガーデナル魔導国に向かうことを決めてから一週間が経過した。

その間、俺たちは冒険者ギルドやポンフリーなどの付き合いがある先に「しばらく留守にする」と告げて回った。

冒険者ギルドの受付嬢は実に残念そうに厄介な案件の依頼書の束を掲示板に張りなおしに行っていたし、ポンフリーと老執事は「今度はドラゴンの剥製を作りたかったのに」と言っていた。……とても危なかった。

せっかく挨拶に行ったのにそんなくそったれな対応をされた俺だが、サティちゃんだけは目に涙を浮かべて俺の不在を悲しんでくれた。

彼女とは不幸な出会い方をしたゆえ死闘を演じることになったが、実は俺にとっての癒《いや》しだったのではないかと思いなおしている。

最後まで残念そうにするミリィちゃんの宿を引き払い、本日、俺とテレサはとある商隊へと合流を果たしていた。

「えー、それでは護衛の皆さん。よろしくお願いします」

俺たちの前に立ち、挨拶をしているのは縦縞《たてじま》の服を着た髭《ひげ》を生やした恰幅《かっぷく》の良い中年の男だった。

この商隊を取り纏《まと》めている商人らしく、ガーデナル魔導国に本店を構える商会の主なのだという。

他に四人の商人がおり、それぞれ商品を荷馬車に積んでいる。

彼らは高額の商品を取り扱っている商人で、盗賊などに狙われやすいため合同で護衛を雇い集団で移動することにしているようだ。

俺たちはそんな護衛依頼に無事参加できたのだが……。

「……ガリオンさん、テレサさん、頑張ってください」

エミリーは気まずそうな顔をするとそう告げる。

「まあ、そう気を落とすな」

基本的に護衛を受けられるのはCランク以上。俺とテレサはSランクなので問題ないのだが、エミリーはDランクだったので護衛依頼を受けることができなかった。

代表の商人にどうにか頼み込んでみたところ、護衛ではなく雑用ということならと言われ、働く代わりに移動代をとられない立場で同行できることになった。

自分だけ護衛ではないのが気まずいのか、エミリーは恥ずかしそうにしていた。

「それでは、最前列をガリオンさん、最後尾をテレサさんにお願いしますので、頼みますぞ」

この中でのSランクは俺とテレサだけ。最高戦力ということもあり俺とテレサは前後に振り分けられてしまう。

「ああ、俺もテレサも敵を殲滅《せんめつ》するのには慣れているからな。任せておいてくれ」

モンスターの殲滅は慣れているし、他の冒険者も一緒ならまず間違いなく無事に依頼を果たせるだろう。

ところが、テレサは俺やエミリーと離れるのが不安なのか浮かない表情を浮かべていた。

なので、緊張を解《ほぐ》すためのアドバイスを送ってやることにする。

「テレサ、むかつく相手でも下半身を凍らせる程度に留《とど》めておけ」

対人関係に不安があるのだろう。彼女にちょっかいを掛けてくる男冒険者がいたら凍らせてしまうように指示をする。

『わかりました。ガリオンを凍らせる時はそうしますね』

ところが伝わっていないらしく、なぜか俺を標的にしようとする。

「いや、俺には必要ないだろ」

慌てていると、彼女は指で口元を隠すとクスリと笑った。

『冗談です。配置につきますね』

今のやり取りで緊張が解れたのかテレサは最後尾についた。

俺も最前列に移動すると、馬車を挟んで逆側を護衛する男がいて、俺に笑い掛けてきた。

「Bランク冒険者のクリスだ。よろしく頼むぜ、Sランク」

「ああ、こっちこそ、よろしく頼む」

互いに右手を出し、握手をする。

こうして俺たちはガーデナル魔導国に向けて出発するのだった。

天気も良く、陽気な日差しが差し込み、暖かい風が頬を撫でる。

馬の蹄《ひづめ》の音と、車輪が回る音が流れ、平和な時間が続いている。

カプセを出てから数日が経つのだが、よく使われている街道ということもあり、モンスターが寄り付かないからか、討伐されているからか、一度の戦闘も発生しなかった。

「退屈だ……」

護衛としては自分の役割が発生しないのが一番なのだが、こうも何もないと、少しは身体を動かしたくなる。

「こんなところで襲うのは盗賊にもメリットがねえからな」

そんな俺の声が聞こえたのか、クリスが話し掛けてきた。

「まあ、そうなんだけどな……」

ここらは平原が広がっているので見晴らしも良く、街道が整備されているので商隊の往来も激しい。

そんな場所で襲おうとしたところで不意打ちは不可能なうえ、逆に討伐されてしまう可能性の方が高かったりする。もし俺が盗賊側なら絶対こんな場所で仕掛けるようなことはしないだろう。

そんな風に盗賊の思考を読んでいると……。

「それにしても、その歳《とし》でSランクとは凄《すご》いな」

クリスはまじまじと俺を観察していた。

彼は三十代半ばの剣士で、使い古した鎧《よろい》を身に着け、使い込まれた剣を腰に携えている。長年冒険者をやっていてBランクまで上がったらしいのだが、Dランクで一人前と評価されるので、クリスも十分凄いと思う。

「そんなことはない。たまたま運が良かっただけだ」

そんな男を相手に自分のランクをひけらかすのは良くないと考え、当たり障りのない言葉を返しておく。実際、冒険者がランクを上げるのには運の要素も絡むので間違ってはいないからだ。

「あんたなら、わざわざこんな護衛依頼を受けなくてもモンスター討伐をして稼いでればいいんじゃないか？」

退屈を紛らわせるためか、クリスはさらに話し掛けてくる。どうせやることもないので、俺はしばらくそれに付き合うことにした。

「ガーデナル魔導国に用事があってな。道中の小遣い稼ぎも兼ねて依頼を受けているんだ」

基本的にAランク以上の冒険者は、大人数の商隊の護衛依頼は受けない。貴族や大商人など、破格の報酬を積む護衛依頼がいくらでもあるからだ。

「何にせよ、今回はSランクが二人だろ？　俺を含めて楽ができてラッキーだと思ってるさ」

ランクはそのまま力量の保証になるので、俺とテレサが護衛をしている限り、この商隊の安全は確約されていると言ってもいい。

全体的に気が緩んでいるのはそのせいだったりするのだ。

「まあ、楽ができるかどうかはわからんけど、あっちにモンスターがいるな」

俺が指差すと、クリスは目を凝らしそちらを見た。

「……あんな遠く、よく見えるな」

ここから数百メートル離れた場所の木の陰にゴブリンが数匹いて、こちらの様子を窺《うかが》っている。

「敵意には敏感なもんでな、たとえ寝ていても気付く自信がある」

「そ……そうなのか……」

もっとも、この距離から追いかけても逃げられるだけなので、俺は振り返るとテレサと目を合わせ、ゴブリンがいる方向を指差しておく。

「うん？　どうした？」

クリスは訝《いぶか》しむ目で俺を見る。

「すぐわかる」

俺が答えてから数分後、後ろで動きがあった。

「「「「おおおおおおっ！」」」」

テレサが放った氷の魔法が離れた場所にいたゴブリンを一瞬で氷漬けにしてしまう。

「遠距離戦で魔法使いに勝てるやつはいない」

彼女の膨大な魔力と精密さゆえなのだが、他の冒険者はその神技に驚きを隠せずにいる。

「す、凄《すげ》えんだな……。Ｓランク冒険者って……」

テレサに畏怖の視線を送るクリス。冒険に出発したばかりのころ、彼女に対し好奇の視線と好色の視線を向けている冒険者がチラホラいたことを俺は思い出した。

「一見大人しそうに見えるが、実に狂暴でな。気に入らないことがあれば暴風魔法で周囲を吹き飛ばし、炎の魔法で周囲を燃やし尽くすんだ」

俺がこれまでに遭ったテレサから受けた仕打ちを誇張して話してやる。

「だから、無害だと思って失礼な言葉を吐いたり、押し倒そうとしたりしない方がいいぞ」

「ああ……肝に銘じておくよ」

クリスは顔を蒼《あお》ざめさせると首を縦に振った。

これでよし、こう言っておけば道中彼女にちょっかいを出す人間も減るだろう。

そんな風に、俺がテレサに対しナイスアシストをしていると……。


——ゴンッ——


「痛ぇ！」

何かが後頭部に当たり振り向くと、テレサが杖を構えてこちらを睨みつけていた。

足元には小さな石が転がっている。

「ん、どうした？」

クリスが疑問を浮かべてこちらを見ている。今の攻撃は俺にしか認識できなかったらしい。

「いや、何でもないぞ」

おそろしい地獄耳を持つテレサに、俺はこの後迂闊《うかつ》な発言を慎もうと考えるのだった。

8

「くそっ！　どうしてこうなった……」

闇夜の中、悪態をつく男が走っている。足場が悪い森を一心不乱に走るのだが、何度か転びそうになりながら、それでも進むのを止めない。

「何で俺がこんな目に、あいつに関わってから酷い目にしか遭ってないぞ……」

どこで間違えたのだろう？　自問するが答えが出ない。

「とにかく今は……」

男は決意を漏らすと、闇に溶け消えていった……。

★

商隊の護衛も順調で依頼を開始してから一週間が経過した。現在は国境に差し掛かっており、辺境ということもあってか街道も荒れ、人の往来も減っている。

季節はいつの間にか夏をすぎ、少し肌寒い風が頬を撫でるのだが、現在向かっている国が北にあることを考えるともっと寒くなるだろう。

相変わらずモンスターはテレサが倒しているので暇をしている俺だったが……。

「そろそろ、盗賊でも姿を見せてくれないかねぇ」

ポツリと願望を言葉にしてしまった。

「は……はぁ!?　そりゃどういう了見だ？」

クリスは驚くと大声を上げる。

「人気のない街道、潜伏しやすそうな森。俺が盗賊ならここで襲おうとするからだな」

街道を進む者を監視しやすく、襲撃を仕掛けやすいスポット。実際、ここらで被害報告もあったりする。

「にしても、別に盗賊と遭いたくないだろ？」

異常者でも見るような目を俺に向けるクリスに、

「そらぁ、盗賊は俺の財布みたいなもんだからな」

続けて俺はこれまでのことを彼に語って聞かせる。

「金に困った時に盗賊を一匹見付けて締め上げるとアジトの場所を吐くだろ？　それで襲撃すれば芋づる式に盗賊を討伐できて財宝も手に入る。まさに一石二鳥だと思わないか？」

「思わねえよ！」

まったく理解したくないと、クリスは叫び声を上げる。

「そもそも、盗賊だってこんな護衛で固められた商隊なんて襲わないだろう」

クリスは血相を変えると大声で俺に向かって叫ぶ。

そこまで声を荒げなくても聞こえるのだが、うるさくて一瞬眉根をひそめてしまった。

「まあ、来たらラッキー程度の与太話だ、そう大げさにとるなって」

俺はクリスを宥《なだ》めると、周囲に注意を向けるのだった。


夕方に差し掛かり、その日の移動を終え、ベースキャンプにて野営の準備をしている。

エミリーなど、戦闘から除外されている冒険者が料理を作り、俺やテレサにクリスなど、高ランク冒険者が周囲の見回りをする。

このベースキャンプは森の中の広場にあるのだが、モンスターや盗賊にしてみれば狙いやすく、不意打ちを仕掛けるには格好のポイントだ。

モンスターがいる形跡や、盗賊が張った罠《わな》があるかもしれないので、念入りに調べる必要があった。

しばらく見て回るが、モンスターの気配も盗賊の仕掛けもなく、俺が少し残念な溜息を吐いていると……。

「そこで止まれっ！」

離れた場所を調べていたクリスの叫び声が聞こえた。

向かっている途中でテレサと合流する。俺たちは互いの目を見ると怒鳴り声があった方に走った。

「どうしたんだ？」

クリスの下に到着すると、暗がりの陰にもう一人誰か立っている。戦闘が行われた形跡はないので、どのような状況か説明を聞くことにした。

「それが、怪しい男がいて……」

陰に立つ人物は剣を抜いており、こちらを警戒しているような気配を感じる。

その動きから、何やら焦りのようなものを感じ取るのだが、こちらまで剣を抜いてしまえば一気に戦いとなり止まらなくなる可能性がある。

「落ち着け、正面から一人でくるということは盗賊ではないだろ。何か事情があるんじゃないか？」

テレサも同意見のようで、俺の言葉に頷く。彼女が首を縦に振った意味は『妙な真似をした場合は任せてください』というのもある。

クリスを下がらせると、一人の男が陰から出てきた。

「助けてくれ、俺の仲間が盗賊に――」

「えっ？」

そこには怪しい男もとい――ルクスが立っていた。

丸一日食事をしていなかったらしく、エミリーが作ってくれた料理を味わうこともせず消費していた。

食事をかっ込み、水で喉を潤しながらルクスは怒鳴り声を上げる。

「だからっ！　俺の仲間が盗賊に捕まったって言ってるだろうが！」

あれから、俺たちはルクスを商隊を統率している依頼人の下に連れてきたのだが、他の護衛も『盗賊』という言葉に反応して険しい表情を浮かべている。

「お、落ち着いてください」

依頼人の商人は、突如現れたルクスに気圧《けお》されると、どうにか押しとどめようとした。

「落ち着いてる場合じゃねえって言ってるんだよ！」

なんでも、近くの街で依頼を受け森に入ったところ、偶然にも盗賊のアジトを発見してしまったらしい。

俺に負けて以来、高額の依頼を受けることもできず、日々の銭を稼ぐのが精一杯だったルクスは、盗賊の財宝に目を付け、これを手に入れることで再起を図ったようだ。

もっとも、テレサがいない『栄光の剣』ではせいぜいBランク程度。少数の盗賊ならば十分捕獲できるかもしれないが、大人数を前にアリアとライラが捕らわれてしまい、敗走するほかなくなったのだという。

「仲間の救出に人を貸せと言ってるんだよ！」

そんな、自分たちの力を過信した自業自得のルクスは、悪びれることもなく言ってのける。

「とはいえ……こちらも判断に困るといいますか……」

ルクスの言葉に商人は苦い表情を浮かべる。

人が良いのだろう、女性二人が盗賊に捕らわれていると聞いて悩んでいるようだ。

本来なら今頃、料理を食べ、後日の護衛に備え休んでいたはず。

ベースキャンプには嫌な空気が流れているのだが、その空気を作った当人が食事をしているというのは納得がいかない。

この中で、Bランク冒険者のルクスに物を言えるのは同ランク以上の俺たちだけ。俺が会話にわり込もうと口を開くと――

「俺たちが受けたのは護衛依頼だ。わざわざ盗賊との戦いに首を突っ込むつもりはないぜ」

――クリスがキッパリと告げた。今日も盗賊については慎重に言葉を選んでいたし、顔色の悪さからして、本気で盗賊とやり合いたくないと考えていそうだ。

「何だと、てめぇ！」

そんなクリスの発言に、ルクスは皿を地面に投げ捨てると掴みかかった。

「俺の女が二人、盗賊の慰み者になってるかもしれねえんだぞ！」

「冒険者は何かトラブルがあった場合、自分で解決するのが当たり前だ！　覚悟もないままに俺たちを頼るな！」

クリスの言葉の方が正しい。俺たち冒険者は危険を承知で高い依頼料をもらい仕事を受けている。無関係の人間を危険に晒《さら》すようなやり方は、この場の誰も認めないだろう。

ルクスがどれだけわめこうが、冒険者の流儀で誰も助けることはない。そんなことを考えていると……。

「でも……捕らわれた二名は女性なんですよね？　助けてあげたい気持ちもあります……」

エミリーは浮かない表情でボソリと呟いた。同じ女性として、盗賊に捕らわれたアリアとライラの身を案じたのだろう。

「そんなのそこの男の作り話だろ。言いたかないが、こいつが盗賊で俺たちを嵌めるための罠という可能性もある！」

その言葉に、何人かが動揺する。これまで善良な人間にしか会ったことがないのか、その可能性について考慮していなかったらしい。

人は最悪の事態についてあまり考えることはできない。できるのは実際に体験したからか、盗賊のことをよく知る経験を持つ者くらい。

「はっ！　ふざけんなよ！　俺は元Sランク冒険者だぞ！」

ところが、ルクスは自分の胸に手を当てると、自信満々に宣言する。もっとも、今はSランクではないし、ランクを維持するためにやったことは褒められたものではないので、どうかと思うが……。

それでも、これ以上言い合いをされたところで無益なので、俺は自分の意見を皆に伝える。

「まあ、言い分はもっともだが、多分ルクスは盗賊と繋《つな》がってはいないと思うぞ」

「どうしてそんなことがわかる！」

クリスに向きなおると、俺は理由を語る。

「そもそも、こいつは人の下に付くようなやつじゃない。もし盗賊だとしたら、今頃アジトで女を囲ってふんぞり返っているだろうよ」

「て、てめぇ！」

俺がルクスの性格を皆に教えると、当人は心外とばかりに睨みつけてきた。

「だって、お前さん、自分の手を汚すのを嫌うタイプじゃないか。テレサの噂《うわさ》話を流した時だって、決闘の時だってそうだったろ？」

「うぐっ！」

図星を突かれて、ルクスは黙り込んだ。

「どちらにしても、盗賊の罠の可能性はあるんだ。救出に人を出してここが狙われたらどうするんだよ？」

話す相手がルクスから俺に代わり、クリスは救出に行く際のデメリットを皆に聞こえるように言う。確かに正論だ。

俺たちが受けている依頼は、この商隊を無事ガーデナルまで連れて行くことなので、彼らの身を危険に晒すというのはありえない。

その場の空気が変わり、誰もが「助けに行くべきではない」との判断を支持するなか、テレサが動いた。

『でしたら、私が残って結界を張るので、少人数で行ってきたらどうですか？』

これまでずっと沈黙していたのは、ルクスと関わりたくないからだと思っていたのだが、前に出たテレサは妥協案を出した。

彼女が何を考えているのかが気になり、俺はテレサの顔を見る。

「いいのか？　盗賊から助けるのはお前さんを苛《いじ》めていたやつらなんだぞ？」

彼女は間を置くことなく頷く。

『構いませんよ』

良く思っていない相手のことを考えている時、負の感情が宿るものだが、テレサの瞳には一点の曇りもなく、心の底からそう思っているのがわかる。

「だが、俺たちの一存では勝手に決められない。雇われている以上、勝手な行動をとることはできないからな」

護衛が無責任に離脱していては依頼が無意味になる。

俺たちは責任者の商人に視線を向けるのだが、

「盗賊のアジトを潰していただければ、この先この街道を進む他の商隊が助かります」

それが返事だった。

依頼人の許可をもらえるなら、俺としても反対する理由はない。

盗賊を討伐するのは俺の本意でもあるからだ。何せやつらは金銀財宝を溜めこんでいるので、倒せば金になる。

「俺とルクスだけで行く。後は任せたぞ」

その言葉で、急遽《きゅうきょ》、盗賊退治の仕事が入るのだった。

9

「いい加減に出発するぞ！」

ルクスの苛立《いらだ》つ声が聞こえる。周囲の人間も俺たちに視線を向けている。

ベースキャンプにはテレサが結界を張っており、彼女が許可しない人物は出入りすることができないでいる。

「テレサ、そろそろいいか？」

そんな中、俺が声を掛けると目の前で白銀の頭部が揺れた。テレサは白銀の瞳を潤ませ俺を見上げている。彼女は名残惜しそうに俺の手を離すと心配そうに見ていた。

これから盗賊のアジトに踏み込むにあたり、万が一敵が手強《てごわ》いことを考え、テレサに魔力を供給してもらっていたのだ。

俺の特殊体質について、この場で知っているのはテレサとエミリーだけ。周囲から見ると、俺とテレサがいちゃついているように見えるらしく、ルクスを含む他の冒険者からは険しい視線を向けられる。

特にクリスは顔色が悪く、俺をじっと見ていた。

最後に俺は彼女の頭を引き寄せ髪を撫でると、耳元で誰にも聞こえないように囁《ささや》く。

少しして、彼女がコクリと頷くと準備は整った。テレサの肩を優しく押して離れる。

「それじゃあ、ルクス。盗賊のアジトまで案内しろ」

俺がそう言うと、ルクスは結界から出て前を歩き始めた。


ルクスを先頭にして後ろを歩く。

大股で歩くルクスだが、音を殺すようなこともなく、夜の平原に草を揺らす音が響いていた。

その動きが、アリアとライラを心配して焦ってのことなのか、判断がつかない。

ルクスの話を信じるのなら、アジトを知られた盗賊が警戒しているのは間違いない。

先手を打って襲い掛かってくる可能性も考えなければならない。周囲に人が隠れていないか探っていると、

「本当に、このままあいつについて行くつもりなのか？」

もう一人の同行者が声を掛けてきた。

横を見るとクリスが微妙な顔をしてついてきていた。

彼は先程、ルクスが盗賊と繋がっており、罠があるかもしれないと仄《ほの》めかしている。にもかかわら

ず同行を申し出たのは、俺を心配しているからか、あるいは……。

「依頼人が許可したからさっきは引き下がったが、俺は納得したわけじゃない。こいつが盗賊の仲間だったらどうするんだ？」

クリスは大声を上げるとルクスを指差す。森に入る前もそうだったが、彼は感情が高ぶると場に関係なく大声を上げてしまうようだ。

Bランク冒険者ならばその危険性がわかっているはずなのだが、それだけ我慢ができなかったのか……。

どちらにせよ、彼の疑問には答えてやるべきだろう。

いずれにせよルクスが盗賊の仲間だというのは些細《ささい》な問題なのだ。

「その時は都合がいいと考えているぞ」

「あん？」

「都合がいいだって？」

ルクスとクリスが怪訝《けげん》な顔をして俺に注目する。そこで俺は二人に対し、盗賊だった時の対応を教えてやることにした。

「盗賊の捕獲は生死かかわらずだからな。ルクスが盗賊に堕《お》ちたなら安心して抹殺できる」

その場合は、倒すべき対象が一人増えるだけ。俺がやることに変わりはないのだから。

「お、俺は、本当に盗賊じゃない！」

ルクスは慌てて弁明をすると、泣きそうな顔をする。本心から言っているようで、どうやら合法的に始末する理由を俺に与えてくれないらしい。

「おい、ルクス」

「な、何だよ……？」

俺は声を落とすとルクスに注意する。

「あまり大きな足音を立てるな。盗賊に逃げられたらどうする？」

「あ……ああ……」

先程までの威勢のよさは消え、実に素直なことだ。

「あと、裏切ったり逃げたりした場合はゴブリンプレイをしてやるからな？」

「ひっ⁉」

念のため、図書館で調べた際に見付けたもっとも過酷なプレイを告げてやる。

「なんだその、ゴブリンプレイというのは？」

引いた様子を見せるクリス。俺とルクスの因縁については知らないのだろう。それを話すと長くなるのでスルーしておく。

「それと、お前さんもさっきから声が大きい。付いてくるのは構わないが、少し声を落としてくれるか？」

その代わりクリスにも注意する。

「……ああ。すまねえ」

月明かりが照らすなか、俺たちはアジトまで進むのだった。

木々の間を抜け、しばらく進んだところで盗賊のアジトへと到着する。

入り口は一つしかなく、周囲を崖に囲まれた場所に盗賊が集落を作っていた。

小さな村くらいの規模で、家が十数軒建っている。

ルクスが案内したのは盗賊のアジトを一望できる崖上で、この場所からなら盗賊たちの動きが手に取るようにわかる。

「おい、どうするんだ？」

案内の役目を終えたルクスは、俺がどういう手段でアリアとライラを救うつもりなのか聞いてくる。

唯一の入り口は崖幅が狭まっている箇所で、見張りが立っているので、正面から突っ込むのは得策とは言えない。

「一応、一つアイデアがある」

俺にはこの立地条件を見た時から考えていたことがあった。

「ほぅ？　どんなだ？」

興味を持ったのかクリスがアゴに手を当て俺を見た。

「建物はそれなりに密集しているし、崖があるから森とは隔絶されてるよな？」

「ああ、そうだな？」

俺はまず地形についての認識を二人と共有する。

「上から火を放って建物を燃やしてやればやつらも混乱する。その間に正面から堂々と斬り込むというのはどうだろうか？」

やつらは火消しに必死だろうし、俺たちに人手を割く余裕はないだろう。

「いや、駄目に決まってるだろ!?」

想定していた反論はルクスではなくクリスからきた。あまりの焦りように俺はやつの仕草を観察してしまう。

「そうか？　相手は盗賊なんだし、遠慮はいらんと思うが？」

アジトなど残しておいてもまた他の盗賊が住み着くだけ、使えなくした方が旅人のため。俺の言葉にクリスは苦い顔をすると黙り込む。

「ちょっと待て、その場合、アリアとライラはどうなる？」

そこでようやくルクスが会話に参加してきた。火を放った場合人質はどうなるのかが気になったようだ。

「それはルクスが考えればいいんじゃないか？」

そんなルクスに俺はあっけらかんと言い放つ。冗談を言っているわけではなく、あくまで真面目に話しているのがわかったからか、ルクスは口をパクパクと動かすと、顔を青くした。

「いや、待て！」

このままなし崩しに作戦を実行する雰囲気を漂わせていると、クリスが突破口を見付けたとばかりに主張する。

「どうした？」

「流石にそれは人質が可哀想だろ」

俺はそんな彼の主張をせせら笑うと、

「ほぅ？　さっきまではルクスが盗賊と繋がっていると考えていたんじゃないのか？」

彼自身がした発言の矛盾点を突いた。

「そ、それは……」

俺たちにとって盗賊を根絶やしにするのが第一で、他は余裕があればということになる。

「それに家を燃やせば盗賊たちも火を消すのに手が一杯になるから、人質として使われることもないと思うが？」

納得させるために言葉を重ねると、ルクスが俺の肩を掴んだ。

「頼む、勘弁してくれ」

蒼ざめた顔をしたルクスは火を放つのを止めろと俺に言う。

「お前さん、勘違いしてやしないか？」

そんなルクスに俺は告げる。

「さっき、俺にどうするか聞いたよな？」

「ああ」

「別に俺はこのメンバーのリーダーじゃない。お前さんが聞いたから方法を答えただけだ」

「だからっ！」

抗議をするルクスを手で制する。

「別に他の案があるのならそっちでも俺は構わないと言っている」

そしてルクスを睨むと、

「少なくとも俺なら、大切な人が捕らわれたら逃げることなんてしない。ましてや救出を誰かに託して、自分はそれに従うなんてありえない」

この事態はルクスが招いたもの。盗賊の討伐は俺が首を突っ込んだので責任をもって果たすが、アリアとライラの救出の成否まで俺に押し付けるのは違うだろう。

そのことが伝わったのか、ルクスの瞳に力が宿る。

「大切な……人か」

マシな顔になったルクスは改めて俺に告げる。

「……俺に考えがある」

「言ってみな」

俺とクリスはルクスの考えを聞くのだった。


「侵入者が来たぞー」

「一度逃げたくせに戻ってくるとは愚かなやつ！」

「相手は一人だ、囲んでしまえ！」

盗賊のアジトが蜂の巣を突いたかのように騒がしくなった。

家からは武器を持った男たちが飛び出してきて入り口へと向かう。

松明《たいまつ》の火が動き、行列をなしアジトから出て森に進んでいった。

「さて、今のうちに下りるか」

すっかり人がいなくなったアジトの崖上からロープを垂らし、俺とクリスは下りていく。

ルクスが申し出たのは、自分が囮《おとり》となって盗賊の注意を引き付けるので、その間にアジトに潜入して欲しいということだった。

「しかし……流石にあれは酷なんじゃないか？」

クリスは遠ざかっていく松明の火を見ながらポツリと呟く。いくらルクスが逃げようとも、相手の数は多い。地の利は向こうにあるので、捕まればただでは済まないだろう。

「別に構わないんじゃないか？　お前さんも、ルクスが盗賊と繋がっていると疑っていただろ？　別行動をすれば裏切られて背後から攻撃されることもない」

俺はクリスの目を見て同意を求める。

「ああ、確かに、それなら、安全だな」

クリスはニヤリと笑うと前言をひるがえした。

しばらくの間、周囲の音に耳を傾ける。建物という建物には明かりが灯《とも》り、そこら中を盗賊が歩き回っている。

「なあ、もし人質が捕らわれてるとして、どこにいると思う？」

こうしている間にもルクスが捕まり盗賊たちが戻ってきてしまうかもしれない。

「あー……多分だけど、一番大きいあの屋敷じゃないか？」

クリスの言う通り、一際大きな屋敷があり、そこから大勢の盗賊が出てきたのは確認している。本拠地というのは間違いなさそうだ。

俺は頷くと、まず屋敷を調べることにした。

「正面には見張りが立っているがどうするつもりだ？」

近付いてみると、入り口に二人の盗賊が立っていた。

流石は重要な建物らしく、この状況でも見張りを立てているらしい。

正面玄関までは距離があり、遮蔽物もないので斬り込めば到達する前に気付かれてしまうに違いない。

俺は屋敷の裏に回り込むと、剣を抜く。

「お、おい……一体何をするつもりなんだ？」

壁の造りはしっかりしており、剣一本でどうにかできるようなものではない。そう考えたからかクリスは俺が何をするのか気にしていた。

「それはな……こうするんだよ」

俺はそう言うと、壁に向けて剣を振った。

「なっ!?」

次の瞬間、屋敷の壁はバラバラになり、人が通れる穴が開く。

「それ、普通の剣だよな？　壁を斬り裂くなんてどういう腕してんだ？」

確かに、剣自体はそれなりに業物《わざもの》だが普通に斬りつけても壁を壊すことはできない。

だが、出発前にテレサの魔力を吸い、風の魔法を吸収させてもらっていたので、剣に風を纏わせることで斬れ味を強化してある。

「細かいことを説明している時間はない。とりあえず急ぐぞ」

そのことを説明し始めると長くなる。俺はクリスを促すと屋敷への侵入を果たした。

「思っていたよりも豪華な造りだな」

屋敷内はしっかりとしており、廊下のところどころには壺《つぼ》や絵などの調度品が飾られている。

盗賊のアジトだというから、もっと臭くて陰気な場所を想像していたのだが、ここの頭領は芸術に理解でもあるのか良い趣味をしている。

途中、人の気配を感じては不意打ちで気絶させ無力化し、どんどんと奥へと進んでいくと階段を発見する。

経験則からこういった場合、頭領がいるのは二階と決まっている。俺は迷うことなく二階に上がる。

奥へ進むとこれまでと違い、豪華な造りの扉を発見する。間取りからして部屋も広そうだ。おそらく一番身分の高い者が使っているのだろう。

俺はここに目的の人物がいると判断すると、剣を振るいドアを吹き飛ばした。

――ドカアアアアアアッ！――

テレサから吸収した土魔法で岩塊を剣に纏わせハンマー代わりに使う。

「な、何事だ⁉」

「てめぇ、どこから入った！」

中には、半裸姿の盗賊が数人と、見たことがあるエロい格好をした女性が二人、男たちに組み伏せられて涙目になっていた。

「アリア、ライラ、無事なようだな？」

どうやら事前らしく、服こそ乱れてはいるが間に合ったようだ。

「あんた、ガリオン！」

「誰でもいいから助けてっ！」

よほど怖かったのか、二人は目に涙を溜めると俺に必死に訴えかけてきた。

「なんだてめぇ、この二人の仲間か？」

突然侵入者が現れたにもかかわらず、冷静に話し掛けてくる男がいる。どの盗賊団でもそうだが、肝が据わっているやつがいる。

おそらく、こいつが頭領にちがいない。

「いいや、違うぞ」

俺は聞かれるままに頭領に返答をした。

「そんな……助けてよ」

「ううう……ルクスさえいればこんなやつら倒していただけますのに」

自分たちと俺の関係を思い出したのか、アリアとライラは絶望の表情を浮かべる。

「ルクスなら盗賊と追いかけっこしてる最中だぞ」

嘆く二人に俺はルクスが今何をしているのか教えてやる。

「ここに来るまでに出会った盗賊はすべて眠ってもらった。そいつらに人質の価値はない」

俺はこの場の全員にわかりやすく状況を説明してやる。

「ほぅ？　だったら、どうするってんだ？」

俺が何を言うつもりなのか、興味を持った頭領は聞き返してくる。

俺はやつの目を見ると、はっきりと自分の希望を告げることにした。

「それがわかったなら、観念して溜めこんだ財宝を差し出すんだな」

「か、完全に言っていることが盗賊じゃねえか！」

「あいつ、俺たちより質《たち》が悪いぞ」

失礼な、少なくとも俺は犯罪者からしか奪うことはしない。

酷い誹謗《ひぼう》中傷を受け、俺が憮然《ぶぜん》とした表情を浮かべていると、

「てめぇ、以前ツボフジ盗賊団を潰したガリオンか？」

「うん？　ツボフジ？」

突然よく知らない名前を言われて聞き返す。

「とぼけるんじゃねえ！　カプセ周辺を根城にしていた盗賊団だ！」

「ああ……」

そこで思い出す。そういえばそんな盗賊団を殲滅した記憶があったような……。

「潰した盗賊団の名前なんていちいち覚えてなかったわ」

「「なっ⁉」」

俺の発言に盗賊たちは開いた口をパクパクさせた。

「最悪だ。最近界隈《かいわい》を賑《にぎ》わせている最悪の盗賊殺し。見かけたら通りすぎるまでしのぎを諦めることが推奨されてるってのに……」

盗賊の一人が顔を蒼ざめさせて呟く。俺とテレサが盗賊たちからそんな風に噂されているとは知らなかった。

「そこまで聞いているのなら話が早い。無駄な抵抗はしないことを勧めるぞ。痛い目に遭いたくはないだろ？」

噂が先行しているのなら楽にことを進めることができそうだ。俺は盗賊たちに投降を呼びかけてみるのだが……。

頭領と目が合った。この状況にもかかわらず笑っており、視線は俺を見ているようでいて、俺の後ろを見ていた。

「危ないっ！」

アリアの叫び声と共に、背後から斬りかかられる気配を感じた。

――ギンッ！――


俺は剣を頭上に掲げ、斬撃を受け止める。

「なっ！」

完全な不意打ちで剣を振り下ろしたにもかかわらず、攻撃を止められ、クリスは驚きの声を漏らした。

「いきなり何をする？」

念のため、どういうつもりなのか答え合わせを兼ねて聞いてみる。

クリスは距離を取ると無言で俺を睨みつけてきた。このまま見合っていても仕方ない。

「実を言うと、お前さんが盗賊の仲間じゃないかと疑っていたんだ」

俺がなぜクリスの攻撃を受け止められたのかネタばらしをしてやる。

「ば、馬鹿な!?　そんなことあるわけがない！」

クリスの動揺に、頭領も眉根を動かす。

「だってそうだろ？　この二人の救出に反対していたわりに俺についてきたり、道中大声で話して盗賊にこちらの様子を伝えたり」

ルクスが盗賊であると言い出したのも、自分が盗賊側の情報提供者として護衛に潜り込んでいたからだろう。自分たちも似たようなことをしていれば当然その指摘も浮かぶというもの。

確証がないのでところどころで揺さぶりを入れてみたが、集落に火をつけると言った際、盗賊寄りな言葉を口にした時点で確信に変わった。

「おい、ジルク！　そいつの足止めをしろっ！」

頭領は男の名を叫び、ベッドの後ろに回り込むと床に手をついた。ジルクというのはコイツのことか？　どちらが本名なのか気になるが、今更気にしたところで仕方ない。

カチッと音がして、壁が裏返り通路ができる。

「やはり逃走ルートがあったか」

盗賊など他人の財産を奪う連中は自分が奪われるのを嫌う。当然逃走経路も用意してある。

「てめぇら！　女を盾にして俺についてこい！　口で何と言っても、罪もない女子どもを傷付けられるはずが――」

「ぐあっ！」

「あ、足がっ！」

頭領がそう言っている間、俺も別に何もしなかったわけではない。

アリアとライラを捕らえていた盗賊は、手足を凍りつかせ狼狽《うろた》えている。

俺はその隙をついて盗賊に接近すると、あっという間に斬り捨ててやった。

「お前たち、自分の身は自分で守れよ？」

俺はアリアとライラに短剣と杖を渡す。

頭領が呼び寄せたからか、廊下からゾロゾロと盗賊が入ってくる。狭い室内で戦うのは二人には不利だろう。

「腐っても元Sランクだろ、この程度の連中くらい何とかしてみろ」

ルクスに頭を下げられた手前、最低限の面倒を見なければならない。頭領を追うわけにもいかず、俺はアリアとライラに注意を払う。

「むかっ！　このくらいの人数なら問題ないわよっ！」

「そちらこそ、テレサがいないのですからあまり強気な発言をしないことです」

アリアとライラの瞳に力が戻る。少なくともBランク近い実力があるのだから、武器を持たせればそれなりに耐えられるだろう。

「それじゃあ、とっととこいつらを全滅させるからしくじるんじゃねえぞ」

俺は二人に忠告をすると、盗賊に斬りかかっていった。

★

「ったく、ジルクの野郎！　なんてやつを連れてきやがるんだ」

両腕にお宝を抱えた頭領は、血相を変え抜け穴を走っていた。

討伐隊がアジトを訪れた場合、自分だけは逃げ延びるため用意した秘密の抜け道だ。

「ガリオンなんて、絶対に避けなきゃいけない相手だろ」

過去にいくつも盗賊団を壊滅させてきたガリオンと無言の魔法使いの少女の組み合わせは盗賊の間でも恐怖の対象として語られている。

盗賊団が冒険者ギルドに人員を紛れ込ませているのは、こういった危険人物を避けるのが目的だったりする。

「そもそも、あいつを逃がしたことからして失敗だった」

身なりのよい冒険者だったので、身ぐるみを剥《は》ごうとルクスたちを襲った盗賊団だったが、アリアとライラが盗賊の手に落ちた時、ルクスはためらうことなく逃げたのだ。

そのあまりの思い切りのよさに驚いた盗賊たちは一瞬行動が遅れてしまった。

「だけど、財宝のほとんどはここにはねえ」

これまで集めた財宝はアジトではなく他の場所に保管しており、その所在を知っているのは自分だけ。

「金さえあれば何でもできるからな。このまま財宝を持ち逃げして田舎に引っ込む手もある」

膨れ上がっていく盗賊団を纏めていたから、あんな危険人物に目を付けられたのだ。今回は手下をぶつけて逃げ切れるだろうが、このまま盗賊を続けてもガリオンに遭遇したら意味はない。

引退して畑でも耕すことにしようと頭領が改心を誓っていると……。

抜け道を出ると森の中だった。

星空が輝き、虫の鳴き声が聞こえる。

涼しい風が肌に触れ、ここまで走ってきて汗を掻いていた頭領は息を整えるとホッとする。

ゆっくりと歩き出し、財宝がある洞窟に回収に向かおうとしていると……。

――パキッ――


枝を踏み折る音が聞こえドキッとする。

一瞬、ガリオンが追いかけてきたのかと考えたが、音は頭領の前から聞こえた。

アジトからの抜け道は分岐がなく、ここまで最短ルートとなるので、先回りは不可能。

「だ、誰か……いるのかよ？」

頭領は探るように前に視線を向け、音の正体を見極めようとする。

葉や草を踏みしめる音が聞こえ、木々の間から月明かりが照らすその場で一人の少女が止まる。

月明かりを浴びて輝く銀糸に白銀の瞳。透き通る程白い肌をした、女神と言われても信じてしまいそうな美しい少女。

「へへへ、どうしてこんなところにいるかわからねえが、邪魔が入ったせいで中途半端だったんだ。あんたで鎮めさせてもらおうか」

このような場所で、これまでの人生で出会ったことがないような美少女と遭遇した幸運に、頭領は下卑た笑みを浮かべる。

「いいからこっちにこいよ、悪いようにはしねぇからよぉ」

頭領が手を伸ばすが少女は逃げる様子がなく、この後のことを考えた頭領の顔は益々緩んでいく。


――バチンッ――

「痛ぇ！」

ところが、少女に触れる寸前で、頭領の手が何かに弾かれた。

目の前に立ち、頭領を見上げる少女の顔に恐怖はなく、それどころか平然とした様子を見せている。

少女は右手の指を前に出すと、魔力で文字を書き始めた。

『一応確認しますが、あなたは盗賊で間違いありませんね？』

素性を言い当てられギョッとする。

『ガリオンに頼まれて、裏道を探していました。これまでの経験からこのあたりだと思いましたが、どうやら当たりのようですね』

少女は頭領に問いかけを続ける。

「その銀髪に……銀の瞳……魔法使いの杖……あんたまさか……」

次第に頭領の表情が恐怖へと歪《ゆが》んでいく。

『ああ、申し遅れました。私はテレサ。ガリオンのパートナーでSランク冒険者です』

「ひいいいいいいいいいいいいいいいいいい！」

叫び声を上げる頭領に、テレサは眉根を寄せ不快な表情を浮かべ耳を塞ぐ。

『ひとまず、ガリオンから頼まれているのであなたを制圧します。安心してください、命までは取りませんから』

杖を振り上げると魔法陣が展開され、中空に火の矢が現れる。

テレサが杖を振ると、その火の矢は頭領に降り注ぎ、

「ああああああああああああああああああああ！」

森の中に爆発音が響き渡るのだった。

★

「というわけで、盗賊団は俺とテレサで潰してきたから」

明け方近くになり、俺とテレサはルクスたちを連れてベースキャンプへと戻ってきた。

手ぶらな俺とテレサに対し、ルクスたちはお宝が入った袋を持ち、息を切らせている。

「それは……ご苦労様です」

依頼人はそんな俺たちを見て驚きつつも、どこか嬉しそうな顔をしている。テレサが強固な結界を張っていたとはいえ、俺たちが戻るまで気が気ではなかったのだろう。

「それとだ、一緒に行った冒険者だが、やっぱり盗賊と繫がっていたぞ」

「……何と」

信じられないのか商人は驚きの声を上げる。

一応、テレサには事情を伝えてから追いかけるように言っていたのだが、信じたくなかったらしい。

「護衛に潜り込んで、良さげなお宝を持つ商隊がいれば合図を送って襲うつもりだったそうだ」

それゆえ、この近辺で盗賊被害が多かったのだという。内側から盗賊の関係者が手引きすればそう

だろう。

「確かに変だと思ったんですよ。これまで襲われた商隊も高額な商品を扱っている者が多かった、てっきり街中に盗賊がいて見張っているからだと思ったのですが、まさか護衛に紛れ込んでいたとは……」

他の商人もこれまで襲われた商隊の偏りから不審に感じていたらしい。

「ということは、ガリオンさんたちがいなければ……」

商人は蒼ざめた顔をする。この馬車の荷物からして高額の商品があったのだろう。もし俺たちがいなければ、盗賊に襲われていた可能性が高い。

「ガリオンさんがいてくださってよかった。テレサさんから話を聞いた時は驚きましたが、その読みに一点も間違いはありませんでしたな」

「まあな、盗賊の考えを読むのは得意だ」

手放しに褒められたので悪い気はしなかった。

『そうですね、ガリオンの方が常にあくどいことを考えているので、盗賊が裏をかけるわけがありません』

テレサは胸を揺らし自慢げに頷く。あまりの酷い言いように後で復讐《ふくしゅう》をしてやろうと誓う。

「どうされますか、もう日が昇りましたが、もう少し休憩してから出発しましょうか？」

夜を通しての立ち回りをしたため、疲労を考えた依頼人はそう提案してくれるのだが……。

「次の街まであと二日程度だろ？　テレサだけ馬車に乗せてもらえれば予定通り進んでも大丈夫だ」

あまり無理をしてまた体調を崩してはいけない。俺は依頼人にそう告げる。

「ちょっと待ってくれ。俺たちは馬車に乗せてもらえるんだよな？」

俺と依頼人のやり取りを聞き、ルクスが自分たちを馬車で運ぶように主張した。

「何をばかなことを言っている？　お前さんたちはこの商隊のはからいにより命を救われたんだ。恩を返すため護衛に決まってるだろ？」

クリスが抜けた分をこいつにやらせるつもりだ。

「私たちだって疲れてるのに！　盗賊と戦ったし、荷物も運ばせたくせに！」

「あなたには人の心がないのですか！」

ライラとアリアが俺を批難した。

「ああ、そうだ。盗賊団から押収したお宝も馬車に積んでもらえるか？」

「ええ、それは勿論《もちろん》。もし市場に卸すつもりでしたら、こちらで引き取らせていただきましょう。査定には色を付けさせていただきますぞ」

すっかり打ち解けた商人とその場で商談を成立させる。

「俺たちの話を聞けえええええええええ！」

ルクスの叫び声が空に響き渡った。

三章・無口な魔法少女は魔導国を訪問する

10

巨大な門を抜けて入ると、そこには幻想的な光景が広がっていた。

そこらを漂う虹色の光は魔導具によるもので、その美しさに俺とテレサは思わず見惚《みほ》れてしまう。

地面には魔法陣が描かれており、魔力の光が走っている。

巨大な魔法陣は国全体に描かれており、気候を調整しているのだとか。

ここは魔法使いの聖地として崇《あが》められているガーデナル魔導国首都マグニカル。魔法に関連する学校や商業が盛んで、魔法や錬金術を極めんとする者が修行の場としてここを選び、様々な魔法技術や錬金術など日々最先端の技術を学ぶことができる。

カプセを出発してから二週間、俺たちはようやく目的地に到着することができた。

「いやぁ、ガリオンさんたちのお蔭《かげ》で道中、安全に旅をすることができましたよ」

「いや、なに。あのくらいは問題ないさ」

道中、モンスターが現れたのだが、俺が察知してテレサが遠距離から狙い撃つ作戦のお蔭でほとんど足を止めることなく撃退してきた。

ルクスたちも命を救ってもらった恩があるからか、きちんと後衛を務めたので、俺もテレサも楽をすることができた。

「もしよかったら、このままうちの商隊に雇われませんか？」

よほど気に入られたのか、商人はそんな提案をしてくる。

専属ともなると収入も安定するし、仕事もやりやすくなる。

依頼人の中には反りが合わない者もいるし、そのような相手に当たることを考えればこれは魅力的な提案だ。

「生憎《あいにく》、俺にも目的があるもので」

だが、テレサの呪いを解くことが最優先なので、今はその提案を受け入れるわけにはいかない。

「だけど、帰路の際に護衛の依頼があれば受けさせてもらうよ」

こちらとしても、好意を抱いてくれる依頼人との関係は大切にしたい。

俺がそう告げると、依頼人は握手を求めて右手を差し出してきた。

「そうですか、私はこの首都に店を構えております。セカンドストリートの大店《おおだな》ですので、もしお困りの際には声を掛けてください」

そう言って依頼人は去って行く。

「さて、俺たちも行くとするか……」

俺がテレサとエミリーに声を掛けるのだが、

「おい、俺たちは完全に無視か!?」

すっきりした気分で別れを告げ、余韻に浸っていたのにルクスが絡んできた。

「別に、特に話すこともないような？」

依頼人が了承したので雇われてここまで一緒したのだが、ルクスたちと別に仲が良いわけではない。

「なん……だ……と？」

ショックを受けたようなルクスの表情に、俺は何かやってしまったのだろうか？　とテレサを見る。

テレサは首を横に振るのだが、

「ガリオンさん、旅の間ルクスさんをからかってませんでした？　結構仲良さそうに見えたんですけど……」

エミリーがよくわからないことを言う。俺は単にアリアとライラを置き去りにして肩身が狭くなったルクスを弄《いじ》っていただけだ。

「ちっ！　いいか、あまり調子に乗るなよ？」

ルクスは悪態をつくとライラとアリアを連れて街中へと消えて行ってしまった。


「とりあえず、どうしましょうか？」

三人になり、エミリーはそんな質問をしてきた。

「ん、実家に帰るんじゃないのか？」

俺たちの目的はバイコーンの角を加工できる錬金術師を探すことだが、エミリーは実家に呼び出されている。てっきりすぐに向かうのかと思ったのだが、彼女は浮かない顔をしている。

「いえ……まあ、別にすぐに向かわなくてもいいかなーと思ってまして」

頬を掻《か》き「あははは」と乾いた笑いをするエミリー。いきなり実家に戻る覚悟ができていないのか？

『私、街並みを見て回りたいです』

エミリーの様子を見て気を使ったのか、テレサは願望を告げる。

このガーデナル魔導国は魔法使いにとっても興味を引く場所なので、そこらにある魔導具を見ては目を輝かせている。

そんなテレサをエミリーは微笑《ほほえ》ましい目で見る。

「よかったら街中を案内しますよ」

『ありがとうございます。お言葉に甘えますね』

エミリーの提案に喜ぶと、テレサは俺を見てきた。

「俺は遠慮しとくよ」

魔法技術にそこまで興味もないし、行く先々で講義を受けるように説明されて相槌《あいづち》を打つのも面倒だ。

『ではガリオンはどうするのですか？』

独《ひと》りになった俺が何をするのかが気になるようで、テレサは白銀の瞳を俺に向けてきた。

「……そうだな。今日泊まる宿を確保して、そこら辺の酒場で酒でも呑《の》むかなぁ」

とりあえず、バイコーンの角を含めた荷物を置いて楽になりたい。その後は一杯ひっかけながら考えるとしよう。

『お酒……』

俺の言葉にテレサがぐらつく。無理もない。護衛期間は万が一の事態を考えて酒が呑めないことになっている。つまり、久しぶりに呑めるこの提案は、テレサにも魅力的に聞こえたようだ。

「そうだ、ガリオンさん。宿だったらこの大通りを真っすぐ進んだ先にあるところがいいですよ」

「ん、わかった。じゃあそこにするわ」

そう言って、テレサとエミリーの旅行鞄《かばん》を持つ。

「あ、ありがとうございます」

『ありがとうございます』

そんな俺の動きを見て、二人は礼を言った。

「そんじゃ、また後でな」

そう言って手を振る。

「さあさあ、テレサさん。私がしっかりエスコートしてあげますからね」

エミリーは張り切るとテレサと腕を組んだ。

二人が遠ざかって行くのを見送ると、

「さて、それじゃ、俺もフラフラするかな」

旅先での久しぶりの独り行動ということもあってか、俺はワクワクすると首都マグニカルを歩き始めた。


しばらくの間、街並みを歩き、大通りに面した場所の宿に入る。

綺麗《きれい》な表通りの宿は上客が利用するので宿代が高い。

だが、その分変な客が少ないので、女性は安心して利用することができるのだ。

俺一人ならそこらの安宿でも問題ないのだが、テレサやエミリーは見た目も整っており目立つので、ちゃんとした宿にしなければ駄目だ。

その点ここは、エミリーが言う通り良い宿なのだろう。

「宿泊したいんだが、部屋は空いてるか？　後から二人合流するんだが」

広く寛《くつろ》げそうなロビーを歩き受付カウンターに到着する。

「ただいま部屋がほとんど埋まっております」

「空いている部屋はどんなところがある？」

場合によっては他を探すが、できるならここで押さえておきたい。

「二人部屋が一つと、二人部屋が一つですね」

一人部屋が三つあるのが理想だったが、テレサとエミリーには同室になってもらえば構わないだろう。

「なら、その二部屋を……とりあえず、一週間で頼む」

どれだけ滞在することになるかわからないので、とりあえず一週間確保した。

「かしこまりました。すぐに部屋に御案内しますか？」

受付嬢が確認すると、制服を着た従業員が近付いてきた。

時間はまだ昼を回ったくらいで、宿で休むにはいささか時間が早い。

「いや、出掛けるから荷物だけ部屋に運んでおいてくれ」

俺は荷物を従業員に預けると宿をあとにした。


身軽になった俺は、改めて街を見渡す。

ガーデナル魔導国は魔法技術と錬金術に長《た》けているだけあって、見る物すべてが珍しい。

この大通りは、街の中心に繋《つな》がっているのだが、遠目に煌《きら》びやかな建物を発見する。

通行人の会話から聞き取ったところ、どうやらあれはカジノらしい。

あの明かりは一日中消えることなく、来る者を拒まない。いついかなる時も夢を見せてくれ、同時にすべてを失う者もいるのだという。

俺も地元の街で、酒の席ではカードに誘われることもあるのだが、それとは明らかに違う規模のカジノに興味を惹《ひ》かれなくはなかった。

独りで行動できる今のうちに行ってしまおうかと思ったが、ギャンブルの魔力に脳を支配され、取り返しのつかない事態になっては目も当てられないと考え踏みとどまった。

「さて、どこか良い酒場がないか？」

とりあえず、良さげな酒場がないかと立ち止まり周囲を見渡していると、

「きゃっ！」

背中から誰かがぶつかってきた。

「おい、大丈夫か？」

振り返ってみると小さな女の子が尻餅をついていた。

「ごめんなさい」

手を引き立ち上がらせる。目がパッチリとした金髪の女の子。着ているドレスはフリル付きでそれなりに裕福な家庭で育っているのが見て取れる。

「私、マグニカルに来たばかりでぼーっとしていて……その……」

じっと見ていたことで怯《おび》えさせせてしまったらしい。俺は膝をつき彼女に目線を合わせると笑いながら話し掛けた。

「そりゃ奇遇だな。俺もさっき来たばかりなんだ」

「そうなんですか？」

大きな瞳をパチクリと動かし、少女は思わぬ共通点に驚いてみせる。

「こんな珍しい物ばかりの場所だとついよそ見しちまうよな」

実際、街の様々な場所にある魔導具に気を取られている通行人も多い。

「そうなんです！　アイリスの街と違って色んなところがキラキラしていて、よそ見しているうちにお兄ちゃんにぶつかったのです！」

色んな場所を見てきた俺やテレサですら浮つくのだから、子どもならなおさらだろう。

その後も興奮しながら話し掛けてくる女の子に俺は質問をした。

「ところで、お父さんとお母さんはどこにいるんだ？」

「ふぇ？」

このような小さな子が一人で歩き回ることができる程治安が良いのだろうが、それでも今の状況はあまりよくない。両親の存在を確認しておくことにする。

「あ、あれ？」

周囲をキョロキョロと見回す少女。焦る様子から、自分が迷子になっている認識がなかったようだ。

「お父さん……？　どこ？」

目を凝らし行き交う人を見て必死に父親を捜している。

「ひっく……ひっく……うぇぇぇん」

やがて彼女は目から涙を零《こぼ》し、その場で泣き始めるのだった。

11

ガリオンが早速トラブルに巻き込まれているころ、テレサとエミリーは女性に人気の洋服店にいた。

メインストリートを歩いていた二人だが、ショーウインドウに綺麗な服が並べられているのを見ると目が釘付《くぎづ》けになってしまい、そうこうしている間に店員に捕まり店内に連れ込まれたのだ。

二人は店員に囲まれると、勧められるままに次々と衣装を押し付けられていた。

「テレサさん、着替え終わりました？」

エミリーは隣の試着室の気配を探る。先程まで聞こえていた衣擦《きぬず》れ音はなく、息を殺しているのがわかる。

「いっせーので見せ合うんですからね」

自分だけが着替えるというのは恥ずかしいので、エミリーはそう告げた。

隣でゴソゴソと音が聞こえる。テレサに伝わったのだと判断したエミリーはカーテンを開けると外に出た。

「うわぁ……綺麗」

次の瞬間、エミリーの目に飛び込んで来たのは真新しいドレスに身を包んだテレサの姿だった。

彼女は恥ずかしそうにすると、エミリーを見る。

『どう……でしょうか？』

頬を赤らめ上目遣いで聞いてくるテレサに、エミリーは心臓が高鳴った。

「どうもこうも！　凄《すご》く似合ってるじゃないですか！」

周囲で買い物をしていた客も店員も、突如現れた絶世の美少女の姿に心を奪われた。

「お客様、大変お似合いですよ」

店員も手放しでテレサを褒める。

『ですが、これだと今までよりヒラヒラしていて冒険には適していない気が……？』

テレサがくるりと回るとドレスがふわりと広がり艶《なま》めかしい足が見える。

「いいえ、こちらには耐久度アップと、自動洗浄の魔法が付与されておりますので。今着られているドレスよりも冒険に向いているかと」

「そうですよ、テレサさん。魔法使いのドレスと言えば、ガーデナル産が大人気なんですよ！」

エミリーまで店員に味方した。

「それに、ガリオンさんだって絶対こっちの方を気に入ると思います」

『な、なぜそこでガリオンの名前が出てくるんですか！』

テレサは咄嗟《とっさ》に言い返す。

そして、コホンと咳払《せきばら》いをすると、

『せっかく試着したのですから、このドレスを買うことにします。……あくまで、私が気に入ったからですよ？』

「そうですね、私もこれ買いますね」

素直ではないテレサに、エミリーは笑いながらそう告げる。

今まで着ていた服を袋に詰めてもらい、着替えて店を出る二人。

周囲には同じようなお洒落《しゃれ》な服を着た女性が歩いているので、首都に馴染んだような感じがする。

手を繋ぎ歩くエミリーとテレサ。その行動が気になったテレサはエミリーに視線を送ると、

「私、夢だったんです。仲の良い友人とこうして一緒に買い物をするのが」

箱入り娘で、錬金術師の師匠との修行もあり、同世代との交友がなかったのだという。

『そうですね、私も楽しいです』

テレサにとっては初めての同性の友人だ。彼女が握り返すと、エミリーは驚いた。

「他にもやってみたいことがあったんですけど、いいでしょうか？」

甘えるような仕草に、テレサはクスリと笑うと、

『ええ、構いません。今日はエミリーに付き合うとします』

二人仲良く街を歩くのだった。

★

「この娘の親はいないかー？」

俺は目立つように少女を持ち上げると保護者がそのあたりにいないか叫び注目を浴びる。

少女はこの国に来たばかりだと言っていたので、他に知り合いもおらず、置いていくのははばかられた。

しばらくすると……。

「アイリスお嬢様！」

「クラウス！」

ようやく彼女の関係者が見付かった。タキシードに身を包む老人で、良いところに勤めている執事というところか？

「どなたか知りませんが、アイリスお嬢様を保護してくださりありがとうございます」

「いや、別に……」

暇つぶしがてら保護者を捜して歩いていただけなので、そこまで大げさな話ではない。

「お嬢様は身体が弱く、いつ倒れてもおかしくなかったので……」

その言葉を聞き、アイリスと目が合う。元気そうに見えたのだが、旅行でテンションが上がっていたからなのか？

「ガリオンお兄ちゃん、ありがとう」

満面の笑みを浮かべ礼を言うアイリスの頭を撫《な》でると気持ちよさそうに目を細める。

「それじゃあ、もう迷子になるんじゃないぞ」

俺はアイリスをクラウスに託すと手を振り、その場から離れた。


「不測の事態が起きたが何とかなってよかった」

マグニカルに到着してすぐにやったのが迷子の子どもの保護という事件だったが、こうして片付いたなら気が楽だ。

俺は改めて首都を見学して歩く。魔導国だけあってか、魔導具や錬金術に関わる品物の店が多い。

大通りには清掃の行き届いた店が並んでおり、ショーケース越しに品物が置かれている。

どのような使い方をするのか興味が惹かれる魔導具も多く、思わず店に入ってみようかと思うのだが、店員にあれこれ説明を受けるのは嫌なので止《や》めておく。

俺は少し歩いたところで目についた横道に入った。

この先は裏通り。表とは違って薄暗く、地面もゴミが散乱して汚れている。

国がどれだけ整理しようと、どうしたってこうした場所は生まれてくる。

こういった場所の方が、表では得られない情報を得られたりするのだが、女性二人を連れ回していてはいらぬトラブルに巻き込まれてそれどころではない。

今なら巻き込まれても問題ないので来てみた。

しばらく歩くと、小汚い店を発見する。

ガラス窓は曇っていて、汚れがこびりついており、中を覗《のぞ》かせる役割を果たしていない。

いかにも流行《はや》ってなさそうな店で、こういったところにこそお宝が眠っているものなのだが……。

かろうじて見える部分から中を覗いてみると、古臭い杯や燭台《しょくだい》などの骨董品《こっとうひん》が乱雑に並べられていた。

俺はドアノブを掴《つか》むと力を入れる。軋《きし》む音が聞こえ、ドアを押した。

中には二人の人間がいるようで、会話が聞こえてくる。

「だから、この魔導具は本当に世紀の大発明なの！」

「あんた、この前もそんなこと言ってたじゃないか」

若い女性と老婆が言い争っている。

「結局、一ヶ月置かせてやったのに売れなくて無駄に場所取っただけだよ」

若い方の女性は耳が尖《とが》っている。どうやらエルフらしい。

ここに来るまでの間にも他種族を何度か見かけた。魔導を扱うのは人族だけではなく、エルフは魔法の扱いに長けている。

「それは、こんな場所に店があるからでしょうが！」

老婆の言葉にエルフは怒りを露《あら》わにして言い返す。

「だったら、大通りの店に置かせてもらうように交渉したらどうだい、エルメジンデ？」

エルメジンデと呼ばれたエルフは「うっ！」とうめくと一歩下がった。

「それが、この前発明品が爆発したせいで出禁になったのよ」

それは出禁になっても仕方ない。

優れた魔導具は確かに存在するが、魔導具の作りが甘く、何かしらの不具合を起こす事件は身近に存在する。

「そんな危険な物を店に置けるかいっ！　とっとと持って帰りな！」

爆発したと聞いた老婆は、カウンターの上に置かれている魔導具をおそろしそうに見た。

「私とあなたの仲でしょ！　昔は苦楽をともにしたじゃない！」

「知らないよっ！　大体、そっちはいつまでも若い姿で、頭の中まで昔のままだろうが！」

旧知の間らしい。エルフは見た目から年齢を知ることができないのだが、美女の外見のわりに歳《とし》を重ねているようだ。

「これが売れないと路頭に迷うの！」

必死に懇願していたエルメジンデは唐突にこちらを向く。鮮やかな金髪が揺れ、碧《みどり》の瞳が俺を射抜いた。

「そこのあなた、ちょっと協力して頂戴！」

唐突に距離を詰めると俺の手を取るエルメジンデ。

「えっ？　何を……？」

俺が抗議をするも聞く耳を持たず、老婆の前に連れて行かれた。

「この魔導具の素晴らしさを実演してみせてあげる」

彼女はそう言うと、俺の許可もなく話を進める。

「これはね、ボタン操作一つで部屋の気温を自由に調整できるの」

テレサが普段やってのけている、魔法で作り出した冷気を身に纏《まと》うのと同じようなものだろうか？

基本的に、魔力の制御というのはとても難しく、特に微妙な制御ともなれば長年の修行が必要となる。

「私の魔力を練り込みつつ魔法陣を刻んで、常人には不可能な微妙な調整をした一品物よ。起動したら周囲の魔力を勝手に取り込んでくれるから、半永久に稼働できるの」

「それが本当なら大したもんだが……」

エルメジンデの言葉に老婆は眉根を歪《ゆが》ませる。

「あんたが言うと怪しくてしかたないさね」

「だから、こんなろくでもない物しか売ってない店にわざわざ来ちゃった見る目のない剣士の出番ってわけ。こいつが起動させられれば私が言ったことも正しいと証明できるでしょ？」

エルメジンデのストレートな表現に、老婆は青筋を立てる。

「というわけで、そこのあなた。早速魔導具を起動してくれないかしら？」

彼女はそれに気付くことなく、俺の手を魔導具へと導いた。

「どういうわけかわからんが……あまり触りたくないんだが……」

先程の発言で、過去に爆発騒動を起こしていることがはっきりしている。

もしこれに触れて、爆発でもしたら流石《さすが》に無傷では済まないだろう。

「いいからここを押すのよ！」

躊躇《ためら》ってると、エルメジンデは俺の右手を強引にボタンに押し付けた。

次の瞬間、魔導具が反応し青く輝き、白い煙を噴出し始める。

「ひぃっ!?」

老婆が悲鳴を上げ、俺も爆発を予想したのだが、白い煙が肌に触れると冷たさが伝わってきた。どうやら本当に大気から魔力を取り込んで冷気に変換しているらしい。

「これは……確かに凄いな」

「でしょう！　これの価値がわかるなんてあなた良いセンスしてるわね！」

テレサと旅をしているので魔法にも多少詳しいのだが、ここまで微細な冷気を出す制御は彼女でも難しい。

このような制御を魔力の補給なしに素人でも扱えるというのなら、世紀の大発明という言葉も頷《うなず》ける。

しばらくの間、爆発する様子がないか警戒していた老婆も、この魔導具の効果を知り、興味を持った。

「確かに、これは良い品物かもしれないね」

「でしょう！　何せ私の最高傑作なんだから！」

老婆の言葉に、エルメジンデはふふんと笑い胸を張る。

「それで、どうやって止めるんだ？」

効果は十分わかったのだが、寒くなってきたのでそろそろ止めたいと考えている。

「言ったでしょう、これは大気の魔力を取り込んで半永久に稼働するの。よって、止める方法はないわ！」

想定外の回答に、俺と老婆は口を大きく開けて固まる。

「するってえと、これはこの部屋を冷やし続けるってわけかい？」

「それだけじゃないわ、そこのあなた。これを持ってみて」

彼女に言われるままに魔導具を持ち上げようとする。

「何だ？　動かないぞ？」

「これだけの魔導具だからね。盗難防止用の魔法陣も組み込み済みよ」

おそらく、冷気と同じく大気から魔力を取り込んでいるのだろう。なかなか重く、力を入れても動かすことができなかった。

「それで、停止もできず動かすことができないこれを、どうやって売るつもりなんだい？」

老婆は冷めた目をしてエルメジンデを見た。

一瞬、静寂が訪れ、次の瞬間エルメジンデの表情が一変する。

「はっ!? どうしよう!!」

そこまで考えていなかったらしく、口元に手を当て慌てだした。

「この馬鹿がっ! 取り扱っている品物の中には寒さに弱い物もあるんだよ! 駄目にしたら弁償してもらうからねっ!」

「そ、そんなこと言ったって……私の防犯魔法は並の人間じゃ解除できないわよっ!」

老婆に弁償を告げられ、涙目になるエルメジンデ。

「どうしてもってなら停止する方法がないわけでもないが……」

そんな彼女に、俺は助け舟を出すことにした。

「お願い。やって!」

彼女に腕を掴まれ、俺は魔導具に触れる。

「ん……無加工の魔力は味気ないな……」

この魔導具が魔力によって動いているのは変わらないので、根こそぎ魔力を吸ってやればよいと思い実行した。

程なくして魔導具は輝きを失い停止する。

「ふむ、停止できるじゃないか。確かにこれなら売り物になるかもしれないねぇ」

ホッと一息。確かに起動してしまってから止めるのに難があるようだが、場所さえ選べば問題ない気がする。

　俺たちがそんなことを考えていると、

「あああああああああああっ！」

　魔導具を持ち上げたエルメジンデが叫び声を上げる。

「そんな……せっかく刻んだ術式が壊れてる……これじゃもう使えないわよ!!!!」

　彼女は真っ青な顔をして「ドウシテ……」と呟《つぶや》き地面に崩れ落ちた。

「俺は特殊体質でな。触れた物の魔力を吸い取ることができるんだ。おそらくその時に術式とやらも吸ってしまったんじゃないか？」

　魔導具が壊れたというからにはそういうことなのだろう。俺がエルメジンデにその説明をすると、

「なんてことするのよ！！！」

　エルメジンデは目に涙を浮かべ俺に掴みかかってくる。

「私の最高傑作がっ！　これ一個作る一ヶ月の間ほぼ寝てないのよっ！」

　首をガクガクと揺らされさらに顔を近付けてくる。碧の瞳と整った顔立ちを近くで見る。

　最初は幻想的な美しさを持つ美女エルフだと思ったが、どうやら残念な美女エルフのようだ。

「だったら最初に停止装置を付けておくべきだろ」

　そもそも、こうなったのは彼女の自業自得だという事実を突き付けてやる。

「時間がなかったのよ！　収入源が絶たれて、自由に研究することもできなくなって、これを売ってやりなおすはずだったのよ！」

「まぁ、どちらにせよすぐに売れるわけじゃないけどね」

老婆の突っ込みはもっともだ。たとえ便利だとしても、製作者がエルメジンデでは警戒されてしまうだろう。

「ああ……お腹《なか》が空いて力が……出ないわ……」

怒り疲れたのか、俺の襟を掴む手が緩み、彼女の額が俺の胸に触れる。

「ううう、最後にエールを一杯呑みたかった……」

エルメジンデはそう呟くと俺にもたれかかったまま気絶するのだった。


「ぷはっ！　お替り！」

豪快にコップをテーブルに叩《たた》きつけるとエルメジンデは給仕の娘に注文をする。

受け取って数秒だったので、給仕の娘は引きつった笑みを浮かべ応じた。

「いやー、それにしても一ヶ月ぶりのお酒は美味《おい》しいわね」

まだ夕方に差し掛かる前ということもあってか、酒場にはそれ程人もいない。

空席が目立つガラガラの店内で大声を出すエルメジンデは、本人の容姿のせいもあってか非常に目立っていた。

「まあ、気持ちはわからんでもないが……」

かくいう俺も二週間ぶりの酒を堪能している。護衛任務中は不測の事態が起きた時に咄嗟に動けなければいけないので、規約上酒を呑むことが禁止されている。

たとえ安酒でも久しぶりに呑めば美味しいのだが、まるで神酒を呑むように喜ぶエルメジンデを見ていると、あと二週間酒断ちするのもありかもしれないなと考えた。

「おい、少しは遠慮したらどうだ？」

魔導具を駄目にしてしまった罪悪感と、とっとと酒を呑みに行きたい気持ちがあったので、奢《おご》ることを約束してエルメジンデを連れて来てしまったのだが、この豪快な呑みっぷりを見ると言い出したことを後悔してしまった。

「私は奢りなら普段の三倍は呑めるわよ！」

どうやら自重するつもりはないらしい。

「それにしても、ガリオンは魔力を吸う特殊体質ね。うん、それは頭になかった。使用する場合、ミスリルも厳禁よねー」

喉元すぎればということなのか、エルメジンデは酒を呑みながらも魔導具の改善点を洗いだす。

一ヶ月の成果を失ったわりには切り替えが早い。発明家というのはこのくらい打たれ強くなければいけないのかもしれない。

「良かったら、ガリオン。私に雇われてみる気はない？」

「なぜ俺が無一文のお前さんに雇われると思った？」

そういう提案は、せめて自分で酒の支払いをしてからにして欲しい。

「実は、面白い魔導具の案があってさ。ちょっと危険な場所に行って、とあるアイテムを取って来てもらわないといけないのよ」

「それを初対面で酒を奢らせている相手に言うことか？」

自己紹介で彼女は「稀代《きたい》の発明家」と名乗っているが、今のところは妙な魔導具を作り出す変人といった評価だ。

「支払いについては問題ないわ。もうすぐお金が入るはずだから」

この言葉も素直に受け取るべきではないのだろう。

「はぁ、そうかよ……」

俺は立ち上がると財布から多めの金を取り出しテーブルに置く。

「ん、どうしたの？」

エルメジンデが見上げてくるのだが……。

「仲間と首都に来たばかりでな、待ち合わせがあるのでこれで失礼する」

彼女は大きく目を見開くと「えっ？　断るってマジ？」みたいな顔をした。

「気が変わったらいつでも言ってよね！」

立ち去ろうとする俺にそう投げ掛けるエルメジンデをよそに、俺は酒場を出ると……。

「変なやつだったがもう会うこともないだろうしな」

そう呟くのだった。

宿に戻るとテレサとエミリーがロビーで待っていた。

「あっ、ガリオンさんお帰りなさい」

二人は俺に気付くと手を振る。

エミリーは周りが注目するくらい大きく、テレサはその陰でこっそり小さく……。

美少女二人という組み合わせで元々目立っていたからか、視線が俺にまで向くので急いで近付いた。

そこで俺は改めて二人の姿を近くで観察することになった。

「二人とも、新しいドレスを買ったのか」

「えへへへ、そうなんですよ」

エミリーはこれまでと違うドレスを身に着けており、テレサも恥ずかしそうにしながらこちらをチラチラ見ていた。

『ど、どうでしょうか？』

俺がじっと見ていると、テレサは気まずそうに聞いてきた。

俺はじっくりとテレサの様子を観察する。

テレサが着ているのはワインレッドのドレスで、ウェーブがかかっておりスカート部にいくにつれて広がっていた。マントがないため肩が露出しており、結い上げた髪のお蔭でうなじがはっきりと姿を見せている。胸元はドレスの生地が交差しているので隠れてはいるが、逆に胸を強調しており視線を集めてしまうだろう。スカートの前が開いているため太ももより下の艶かしい足が覗いていて、こちらも目に毒だ。

これまでのテレサとは印象がガラリと変わっているのは間違いないが、とても似合っている。

エミリーはテレサを前面に押し出しニヤニヤと笑っている。

「まあ、いいんじゃないか？」

俺は何となく言葉を濁して感想を言う。

「いや、もう少し何か……ないんですか？」

ところが、エミリーは追加で何か言えとばかりに催促してくる。

『ガリオンは語彙《ごい》が貧弱ですから……』

テレサにまでそんなことを言われてしまい、俺は不本意ながら付け加えることにした。

「テレサが何を着ても似合うのは当然だからな、他に何を言えと？」

吟遊詩人が言うような歯が浮くような褒め言葉を言えないわけではない。ただ、純然たる美を前にした場合、余計な言葉は賛辞を薄めると考える。

「ん、どうした、テレサ？　顔が赤いぞ」

いつの間にか、テレサが顔を赤くしてこちらを見ている。

「いえ、あまりにも真っすぐな意見だったので、照れないんだな……と」

見ているこっちが恥ずかしいとばかりに顔を背けるエミリー。周囲の人間もなぜか「うんうん」と頷いている。

俺が首を傾《かし》げていると、

『それより、ガリオンは何をしていたんですか？』

「俺は迷子の子どもの保護者を捜したり、店を見て回ったり色々だ」

マグニカルに着くなりトラブルに巻き込まれたことを愚痴るのだが……。

『それは、とても偉いですね』

テレサはおつかいを成功させた子どもを褒めるように俺の頭を撫でてきた。

『うん？　ガリオン、お酒呑みました？』

近付くと、テレサは鼻をひくひく動かし首を傾げる。俺が酒を呑んでいることを指摘した。

「まあ、成り行きで妙なやつに酒を奢らされてな……」

あの駄目エルフのことだから今頃酒場で酔いつぶれていそうな気がする。

「私、お腹空きました。中途半端な時間だったので何も食べてないんですよぅ」

エミリーが空腹を主張する。

『私もお酒呑みたいので、お店に行きませんか？』

テレサの提案を断る理由がない。俺たち三人はレストランに向かうのだった。


「それでですね、ガリオンさん。あはははは」

レストランで食事をしていたところ、エミリーが酔っ払って絡んできた。

彼女の手元には空になった杯が大量に置かれており、テレサは迷惑そうにエミリーに視線を向けていた。

「テレサさんも全然呑んでないじゃないですか！」

テレサに抱き着くと頬ずりをする。

ちなみにテレサは過去にやらかしてから俺が呑む量を管理している。

テレサの視線から『エミリーってこんなに酒に弱かったですか？』と読み取る。

「酒はしばらく呑まないと耐性が下がる、あとは空きっ腹で呑むと一気に回ってくるんだ」

この辺が経験の違いというやつだろう。今後はエミリーにも注意をしなければいけない。

こんな調子で呑ませたら、良からぬ輩《やから》に持ち帰りされてしまう。

「いいから、水でも飲んどけ」

「ふぁーい、口移しですか？　うー」

抱き着いて、唇を近付けてくるエミリー。頬が紅潮しており、艶《つや》やかな唇が目に映るのだが……。

『あまり調子に乗りすぎないでくださいね？』

俺たちの間を文字が遮った。

「ひっ!?」

テレサから立ち昇る魔力にビビり悲鳴を上げるエミリー。

「あっ……えっと、そろそろ部屋に戻ろうかな？　あははは」

顔を青くして俺から距離を取り、そのまま立ち上がるとレストランを出て行ってしまう。

『まったく、酒に呑まれるとは未熟です』

「お前さんには言う資格がないぞ!?」

やれやれと溜息《ためいき》を吐《つ》くテレサに俺は突っ込みを入れるのだった。

夜遅くなり、従業員から「閉店する」と言われたので、俺とテレサはそれぞれ部屋に戻った。

俺は一人部屋で、エミリーとテレサには二人部屋を取っておいた。

そのことを告げた際、一瞬彼女が微妙な顔をしたのはこれまでのエミリーの言動のせいだろう。

とはいえ、エミリーもかなり酔っていたのでぐっすり眠っているはず。テレサが懸念するようなことは起こらないと思うのだが……。

旅の疲れと久々に酒を呑んだせいもあってか頭がふらつく。このままベッドに身を投げ出し、思うままに意識を落とせれば心地よい眠りにつけそうだ。

そう考え倒れ込むのだが、思っていたのとは違う感触がして少し意識がはっきりした。

「えっ？」

シーツに手を伸ばすと温かくて柔らかいものがそこに存在している。二つの膨らみがあり手を動かすと吸いつくような触り心地だ。

俺は以前、同じような感触の物を触ったことがある気がしたが思い出すためにもっと触れてみるしかない。しばらくの間揉《も》み続けると、その感触の正体を確かめるためシーツを捲《めく》る。

「すーすー」

すると、なぜか俺のベッドにエミリーがいて寝息を立てている。

眠りが深く、俺が触れていたにもかかわらず起きる気配がない。

彼女は可愛いパジャマを着ており、髪が湿っていることからあれから風呂に入ったあと限界がきてしまい、ベッドに辿《たど》り着いて意識を失ったのだろう。

問題は部屋を間違えたということなのだが……。


——コンコンコン——


どうしようかと考えているとドアがノックされた。

知り合いもいないマグニカルで夜に部屋に訪ねてくるのは一人しか心当たりがない。俺がドアを開けるとテレサが立っていた。

『ガリオン、エミリーの姿が見えません』

テレサは心配そうな表情を浮かべると俺にそう報告してくる。かなり酔っていたので、今頃どこにいるのか気になったのだろう。

俺は立ち位置をずらし、部屋の中が見えるようにする。

「エミリーなら、ほれ」

テレサは中に入ると、ベッドに横たわるエミリーを見た。

シーツが捲れ、パジャマがはだけエミリーの可愛らしいおへそが見える。本人は幸せそうな顔で寝ており「えへへへ、テレサさんもっとこっちに……」などと寝言を呟いている。きっと良い夢を見ているに違いない。

状況を見せれば理解してくれると思っていたのだが、テレサは厳しい目で俺を睨《にら》む。

『なるほど、ガリオン。連れ込んだんですね？』

「さっきまで一緒に酒を呑んでいただろ⁉」

あまりの信用のなさに俺はつい声を荒げてしまった。確かに、これまでテレサにしたセクハラ行為を鑑《かんが》みると疑われる理由しかない。

「おい、エミリーどうにか起きて説明をっ！」

とはいえ、たとえ起きたとしても酔っ払っていたエミリーにどこまで記憶が残っているのか不安でしかたない。最悪「ガリオンさんに連れ込まれました」と証言する可能性もあるので、迂闊に起こしても良いものか……？

予測不可能な状況に頭を抱えていると……。

『冗談です』

テレサは悪戯《いたずら》が成功したように、口元に手を当ててクスリと笑った。

『それで、どうするつもりですか？』

エミリーはすっかりベッドに落ち着いてしまっているし、旅の疲れもあるので起こすのは可哀想だ。

「それがだな、今この宿は部屋が全部埋まってるらしいんだよ」

二部屋押さえるのでギリギリだったことをテレサに告げる。

『なるほど、ガリオンは公園のベンチで寝ると……』

「お前さん、俺に対する扱いが酷《ひど》くないか？」

いよいよとなればそうしようかと考えていたのだが、せめて悩む素振りくらい見せて欲しい。

『不可抗力では仕方ないです。私の部屋に行きましょう』

「いいのか？」

俺と同室を許容するなどこれまでのテレサから考えるとありえない。俺が疑問を浮かべていると……。

『ええ、ガリオンとエミリーを比べたら、彼女の方が危険だと思っていましたから』

「えぇ？」

男の俺よりも警戒されているエミリーを見ながら、俺はテレサについて行くのだった。


部屋に入り、ドアを閉める。

俺の一人部屋より広く、化粧台が置かれている。

テレサも風呂に入ったからなのか、部屋には花の良い香りが漂っている。

部屋の端には荷物が纏められており、テレサはベッドの上に散らばっているエミリーの衣服を畳み、自分のベッドを整えている。

しばらくの間、彼女が部屋を片付けるのを待っていたのだが、

「本当に良かったのか？」

最悪、俺一人なら明け方までやっている酒場で時間を潰してもよかったのだ。

テレサの様子次第では今からでもそうしようと思っていると、ベッドの整理を終えた彼女はエミリーが使っていたベッドに腰を下ろしこちらを見る。

『ガリオンはそっちのベッドを使ってください』

指差したのは、先程までテレサが使っていたベッドだった。

「お前さんが嫌なら、自分の寝床くらい何とかするぞ？」

このままでは埒《らち》が明かない。率直に聞いてみるのだが、テレサは不思議そうに首を傾げる。

『ガリオンが私の部屋に来るのなんて今更ではありませんか？』

確かに、カプセの宿に泊まっている時は互いの部屋を訪ねることもあったのだが、あれは依頼の打ち合わせなど用事があってのこと。外国の部屋でという状況はまったく別物だ。

「同じ部屋で寝たことはないだろ？」

夜も遅く、あとは寝るのを残すのみ。

互いに酒が入った状況でとなれば、テレサでなくとも身の危険を感じるはず。

普通に考えると、誰もが見惚れるような美少女のテレサはもっと危機感を持たないとやばいのだ。

ところが、俺の忠告なぞどこ吹く風のテレサは、右手の指を口元に当てクスリと笑うと、

『ガリオンは変なことしないでしょう？』

まるで安心しきったような顔でそう告げる。

「まあ、確かに嫌がる相手に何かするつもりはないが……」

信頼の言葉を掛けられて嬉《うれ》しくないわけがない。テレサが俺を信用してくれている限り裏切るつもりはなかった。

そんな決意をしていると、テレサは続ける。

『それに、ガリオンはヘタレですし』

「おいっ！」

こちらがどれだけ我慢を強いられているのか、この娘はわかっているのだろうか？

ベッドに横たわるとクスクスと笑い、俺の反応を見る。

「いいから、もう寝ておけ」

酔っ払いにこれ以上振り回されるのは御免だ。これまでの護衛依頼での疲労もあるので、俺は部屋の明かりを消して自分のベッドに潜り込んだ。

シーツにテレサの匂いが残っている気がして、意識をせぬように戒めている。

すると、もぞりと音がして、横を見ると暗闇に魔力文字が浮かび上がった。

『もし、私が許可を出していたらどうしましたか？』

光の下にテレサの顔が映る。その瞳は潤んでいるようで、どういうつもりで聞いているのかわからない。

しばらくの間、俺が返事をせずにいると、文字は時間が経《た》ち薄れ消えてしまった。

俺は彼女の言葉にどう答えるのが正解だったか考えながら眠りに落ちるのだった。

13

「御二人ともごめんなさい！」

翌朝、俺とテレサが宿の食堂で食事をしていると、エミリーが姿を現した。

彼女は早々に頭を下げると勢いよく謝罪をする。

「私が部屋を間違えたばかりに、御二人には不便をおかけしてしまいました」

心の底から申し訳なく思っているのが伝わってくるので、俺とテレサは互いの顔を見合わせ頷く。

「疲れていたんだから仕方ないだろ」

旅の疲れもあったし、普段よりも酒を呑んでいた。むしろ俺がもっと早く止めておけばよかったとすら思う。

『これに懲りたらお酒の量は気を付けましょうね』

テレサはすまし顔でカップを持つと左手で器用に説教をする。そんな彼女を見ていると『何ですか？』とばかりに睨まれてしまった。

「ところで、私が一人部屋にいたということは、ガリオンさんは外で寝たんですよね？」

一通りの謝罪を終えたエミリーはテレサの隣に座ると、昨晩どこですごしたのか俺に聞いてきた。

「うん？　どうしてわざわざそんな確認を？」

その視線には何やら探る意図が隠されているようで、素直に答えるべきか判断材料が欲しかった。

彼女は頬を掻くと気まずそうに理由を告げる。

「今って、この大通りにあるカジノの年に一度のイベント前ですし、部屋が埋まっているはずですから、私が部屋を占領したことでガリオンさんが野宿したのは申し訳ないなと……」

流石は実家があるだけのことはある。マグニカルで行われる行事にも詳しいようだ。

年若い男女が同じ部屋で寝泊まりしたという話をエミリーにしてしまっても良いのだろうか？　俺は別に構わないが、テレサに変な噂《うわさ》が立つのは本意ではない。たとえエミリーが相手だとしてもそこは隠した方が良いかもしれない。そんなことを考えていると……。

『ガリオンなら、私と一緒に寝ましたよ？』

「うえええええええっ⁉」

テレサが暴露してしまい、エミリーは大声を上げた。

周囲の他の客が俺たちに注目する。俺は慌ててテレサが描いた文字を消す。

「そ、それって……同じベッドで？」

エミリーは顔を赤くすると両手を頬に当て、何やら良からぬ妄想をしている。

「同じ部屋で、だ」

そこだけはきちんと訂正しておかなければならないので、強い口調で答える。

「その……ちょっと聞き辛《づら》いんですけど……」

エミリーはもじもじすると、胸の前で両手の指を合わせながら見上げてきた。

『安心してください、ガリオンは私のベッドに寝て、私はエミリーのベッドで寝ましたから』

そこで彼女が何を気にしていたのかようやく理解するとともに、テレサがなぜ自分のベッドを俺に譲ったのかがわかった。

「ああ、変なことはしていないから安心してくれて構わないぞ」

年頃の女性は気難しい。男が寝た後のベッドとなると抵抗がないわけがない。

「そういうことじゃなくて！」

疑問が解けたかと思ったのだが、エミリーが声を荒げたので俺とテレサは揃《そろ》って首を傾げた。

「若い男女が一緒の部屋で寝て、何も起きなかったのか聞いてるんですよ！」

「エミリー、声が大きい」

周囲の客はすっかり聞き耳を立てており、互いの顔を寄せて内緒話をしているのだが、唇を読むと「二股？」「寝取り？」「三角関係？」などという言葉を拾ってしまう。

思ったよりやばい状況だということに俺しか気付いておらず、エミリーは真剣な目で俺たちを問い詰めているのだが……。

『私とガリオンは冒険者のパートナーですよ。何も起こるわけありません』

テレサは毅然《きぜん》とした態度でエミリーに回答をする。

「そうだぞ、俺がそんなことをするわけないじゃないか」

事実、何かあったわけではないので、俺も堂々と発言をした。

「ええっ！　テレサさんが隣に寝ているのに何もしないなんて、普通じゃないですよ！」

エミリーのその言葉に周囲の客も頷く。唇を読むと「ゲイなのでは？」「不能なんじゃ？」などと酷いことを言われている。

「私ならこっそり寝顔を見たり、脱いだ服の匂いを嗅いだり他にも色々――」

勢いは止まらず、エミリーは自分の欲望を暴露し始めた。周囲の客も、エミリーの主張にドン引きすると、段々とこちらを見なくなった。おそらく、危険な連中に関わりたくないと判断したのだろうが、それは概《おおむ》ね正しい。

俺とテレサも同じような目でエミリーを見ているのだから……。

「エミリーその辺で止めておけ」

薄々感づいていたが、エミリーこそテレサにとってもっとも危険な人物ではないか？

『申し訳ありませんが、エミリー。あなたは今日も一人部屋で寝泊まりしてください』

「ええっ！　何でですか⁉」

彼女は目の前で腕を交差させると断固拒否の姿勢を示した。


「ここが、エミリーの実家なのか」

マグニカルに滞在すること数日。エミリーの案内で首都を観光した俺たちは、ようやく決心をつけた彼女に付いて実家を訪れた。

宿を出て、馬車に乗ること数十分。エミリーの両親が住んでいるのは商業区域にある大店だった。

入り口が大きく、透明なガラス張りになっていて中の様子が見えるのだが、凄い数の商品が並べられているのがわかる。

ポーションにマナポーションに属性ポーションなど、カプセではお目にかかれない特殊ポーションまで置かれているので、それだけ多くの錬金術師を抱えているのがわかる。

エミリーの実家は予想以上に凄かった。

『凄く……大きいです』

ここまでだと思っていなかったのはテレサも同様で、ガラス越しに店内をキョロキョロ見渡すと物珍しそうにしている。

「一階はポーション類を扱っていて、二階はダンジョンから産出された魔導具なんかをメインに扱っています。これでも王都で一、二を争う店なんですよ」

実家を褒められて悪い気がしないのか、エミリーは笑顔で説明をしてきた。

「お嬢様！」

外で眺めていると、中にいた中年の女性従業員がエミリーに気付き声を掛けてくる。

「あっ、どうもお久しぶりです」

エミリーが挨拶をすると、女性従業員は駆け寄ってきた。

「まあまあ、御立派になられて。中にお入りください」

エミリーの肩を抱き、嬉しそうに顔を覗き込む。エミリーも顔なじみにあったからか普段よりも表情が柔らかい。

俺たちは店に入ると奥へと通された。

商店の裏側というのか、途中の倉庫には大量のポーションの在庫が積まれているのを発見する。これだけあれば一体いくらになるのだろう？

そんなことを考えながら付いて行くと、応接室に案内された。

ソファーは柔らかく、座ってみると身体が沈み込む。俺とテレサはエミリーを挟み座ると落ち着かず、周囲を見回した。

高価な調度品が並んでおり、この部屋に置かれている物だけでも一財産になるのは間違いない。大理石のテーブルにワインセラーなどなど、いつまで見ていても飽きない光景に俺もテレサも目を奪われていた。

案内されて少し経ち、ドアがノックされ二人の人物が入ってきた。

一人はエミリーに似た顔立ちのドレスを身に着けた女性で、もう一人はスラリとした中年の男性だ。

どちらも整った顔立ちをしており、美男美女という印象を受ける。

「エミリー、久しぶりですね」

「お母様」

ドレスを身に着けた女性はエミリーの母親だったらしい。

「一年見ないだけで随分と大きくなったように思える」

「お父様」

親子の再会を俺とテレサは見守る。仲睦《なかむつ》まじい様子からエミリーが両親から愛情を受けて育ったのがわかった。

しばらくの間、エミリーたちは抱き合い、互いの無事を喜んだ。

「それで、君たちが娘を連れて来てくれたのかね？」

正面のソファーに腰掛けた父親に、改めて自己紹介をする。

「ガリオンです。エミリーとは冒険者仲間をしています」

『テレサです。同じく』

俺は言葉で、テレサは文字でそれぞれ名前を告げる。

「私はエミリーの父で、マグニカルで商会を営んでいるコラルだ」

「エミリーの母親のステラです」

娘を連れて来たからか、思ったより好意的な対応だ。

「冒険者には荒くれ者も多い。娘から君たちと一緒に戻ると手紙をもらった時はとても安心したものだ」

「若くしてSランク冒険者だと聞いておりましたからね、娘のためにありがたい話です」

好意的なのはエミリーが事前に手紙で知らせておいてくれたからのようだ。

「いえ、俺たちも目的あってこの国に来たので、別に礼を言われるようなことじゃないです」

俺が返事をすると、興味を持ったのか会話を繋ぐためなのかコラルさんが話題を広げる。

「ほぅ、それはどういった目的ですかな？」

俺はテレサと目を合わせると、彼女も頷き返す。話しても良いということだろう。

「実は、バイコーンの角を加工してくれる錬金術師を探してまして……」

布を巻き付けたバイコーンの角を取り出すとテーブルに広げて見せる。

「これは……なかなか立派な角ですな。この数年、近隣でバイコーンが狩られたという話は聞いておりませんが？」

「俺たちの街に住む貴族に譲ってもらったんです」

バイコーンの角はそれだけ貴重なのかコラルさんも驚いていた。

「実はテレサが呪いに侵されていまして声が出せないんです」

俺はことの経緯を改めてこの場で説明した。

「俺たちはその呪いを解くのを目的に冒険者をしていて、今回、バイコーンの角が手に入ったので錬金術師に依頼をしたいと考えこの国に来ました」

俺とテレサの来訪目的を告げると、コラルさんはアゴに手を当て頷いた。

「確かに、地方の街では錬金術師が不足していますからな。ポーションやマナポーションの供給だけで一杯一杯のはず」

その答えに俺たちは頷く。

「それにしても、立派な角ですね。これならば相当な効果が見込める霊薬を作ることができそうですわ」

ステラさんはバイコーンの角に指を這《は》わせると、うっとりとした表情を浮かべていた。

「お母様？」

「ごめんなさいね、現役時代の癖が出て」

ステラさんは頬に手を当てると恥ずかしそうにした。

「妻は元々凄腕の錬金術師でしてね」

エミリーだけかと思ったが、母親も錬金術師だったと聞いて驚く。

「もしかして、解呪のアイテムを作ることができたりしますか？」

俺は彼女に探りを入れる。ステラさんが引き受けてくれるなら願ってもない話だからだ。

「現役のころでもバイコーンの角を扱ったことはありませんし、現在のマグニカルでも霊薬を作れる錬金術師は数人もおりませんわ」

『そんなに……少ないのですね……』

ステラさんの言葉に俺たちは唖然《あぜん》とする。

この国ならば当てを見付けられるかと思ったが、数人となると俺たちの依頼を受けてもらうのは絶望的だ。

「そうなると、優秀な錬金術師の人に挑戦してもらうしかないでしょうね？」

初めて扱う素材で成功率が落ちるのは仕方ない。それでもどうにか見付けなければ前に進めない。

「いえ、おそらく優秀な錬金術師こそ断るかと。何もそんな危険な素材を扱わずとも仕事は途切れません。失敗して経歴に傷がつく方を嫌いますから」

「そうだな、もし仮に引き受けるなどという錬金術師がいるとしたら、腕が追い付いていないのに無自覚で、名声を得たいと考える者くらいだろう」

それでは俺たちの目的は果たせない。

思っていたよりも厳しい現実に、俺とテレサが黙り込んでいると……。

「お父様。お母様。何とかして差し上げられないのですか？」

エミリーが二人に甘えるように聞く。コラルさんもステラさんも娘には甘いのか、互いの顔を見合わせた。

「一人、心当たりがなくはない」

コラルさんは眉根を寄せると難しい顔で言った。

「あなた……もしかして？」

ステラさんも一人思いついたらしい。

「せっかくの申し出ですが、腕に難がある人はちょっと……」

渋る様子から、俺はその人物が錬金術師として未熟なのではないかと考え断ろうとする。

「いや、錬金術師としての腕ならこの国で五本の指に入る……というのは謙遜で間違いなく一番だろう」

『そのような方ならばこそ忙しいのではないのですか？』

ガーデナルで一番ということは、当然霊薬の作製経験もあるに違いない。

「いいえ、その人物は今製薬をしておりませんから」

テレサの予想とは違い、現在手空きなのだという。

「霊薬の作製に不安はないが、それより難易度が高いのは依頼をすることだろうな」

コラルさんは溜息を吐いた。

「お父様。お母様。もしかして……」

エミリーの表情が強張《こわば》った。

コラルさんははっきりと告げた。

「お前の師匠だよ」

「ううう、嫌だなぁ……」

エミリーは先程から愚痴をこぼしながら前を歩いていた。

実家を出てからというもの表情は歪み続けており、そんなエミリーらしからぬ態度に、俺たちは段々不安にみまわれ始めた。

「そんなに、元師匠のところに行くのが嫌なのか？」

一体どのような人物なのだろう？

前情報として、エミリーとステラさんに錬金術を教えた人物だと聞いていることから、それなりの年齢だと推し量れる。

「それは……まあ、嫌ですから」

『なぜ、そこまで嫌がるのです？』

テレサが率直に聞いてみた。

「師匠はその……可愛いものが大好きで、教える時も指導と言って身体を触ってくるんですよ」

「とんだセクハラ野郎じゃないか！」

俺の頭の中で、エミリーが爺《じい》さんに手取り足取りされている姿が浮かんだ。

「だから、あまり近付きたくなくて……」

「その気持ちはわかる」

誰が好んで好きでもない相手に身体を許すというのか……。

『女の敵じゃないですか！！』

テレサも状況を把握したのか憤慨してみせる。

「そんな相手だと、まともに交渉にならないかもしれないな……」

俺は最悪、話を御破算にしてでも二人を守る。そう決意をする。

エミリーの実家から数十分歩いた場所にある製造区域には、鍛冶や錬金術、魔導具発明など、様々な職人が居を構えている。

そこら中から金属を叩く音や、煙突から紫の煙など、家庭菜園には怪しい植物が生えていたり、一見すると一般人には近寄り難《がた》い雰囲気が漂っている。

どの建物も決して綺麗とはいえず、壁は汚れたり欠けていたりしており、職人は自分の作る物にしか興味がないので建物の見栄えは気にしないのだと思った。

そんな中、一際大きくボロい建物の前に俺たちは立っていた。

「ここが、エミリーの師匠の工房か？」

嫌がる美少女にセクハラをする爺さんがいかにも住んでいそうなたたずまいだ。

幽霊でも出そうな蔦《つた》の生えた外観に荒れ果てている畑。

そこら中の地面が陥没しているのは爆発した跡のようで、木が焦げている。

『とても、有名な錬金術師が住んでいるとは思えないのですが……』

テレサも不安になり、首を傾げた。

「師匠は王都では名をはせた錬金術師なんですけど、自分が興味を持てないことは絶対にしない主義なので、受ける依頼をえり好みするんですよぅ」

エミリーはフォローのつもりか事情を説明する。

「そのせいで最近はうちの依頼も受けてくれなくて、これまでしてきた支援を打ち切る羽目になったらしいです」

元々、エミリーが弟子入りしていたので支援をしてきたが、彼女も錬金術から離れたし、取引もなくなったので支援を打ち切ってしまったのだという。

「それって、普通に駄目なタイプでは？」

自分のやりたいことを優先するあまり、取引先全部から切られてしまう。そんな先を見ることもできないような錬金術師を信頼できるのか？

「なあ、やっぱり帰らないか――」

コラルさんとステラさんから腕を保証されてきたが、そのような人物に大切なバイコーンの角を預けて平気なのかと考え、引き返す提案をしようとしていると……。


――ドンッ！――


「何事!?」

爆発音が起こり、建物から紫の煙が上がった。

「あー、また何か爆発させましたね」

驚くべきことにエミリーが動じておらず、道を歩く人々も一切気にしていない。

どうやら問題の人物はよほど普段から爆発騒動を起こしているようで、すっかり慣れているらしい。

エミリーは無造作に入り口に近付くと、

「【アースバレット】」

土の塊を作り出しドアを破壊した。

「テレサさん、思いっきり風を建物内に入れて煙を飛ばしてもらえますか？」

『わかりました』

エミリーの指示に従い、テレサは杖を掲げると風の魔法を建物に叩きこんだ。

建物が軋み、中から煙と一緒にゴミやら紙やらが出てきて庭に散らばる。

しばらくして、魔法が止み、中の状況が確認できるようになる。

「うん、とりあえず中に入りましょうか」

壊れたドアを開け、エミリーは中へと入って行くのだった。


「師匠、いらっしゃいますかー？」

エミリーが中に入り呼び掛ける。建物の中は薬品の妙な臭いが漂っている。

「ううう……」

「あっ。そこにいましたか？」

本棚が崩れ、本に埋もれた状態で手が出ている。

「た、助けてぇ」

助けを求める声が聞こえ、エミリーに頷かれ、俺は手を取ると一気に引き抜いてやる。

噂の変態じじいの手に触れるのは嫌だったのだが、触れた手は皺《しわ》ひとつなく、それどころか柔らかくすべすべしていた。

「はぁはぁ、た、助かったぁ。このまま生き埋めになって死ぬのかと思ったわ」

本から這い出てきたのは俺の予想を大きく外した人物だった。

「なんで……お前さんが……ここに？」

驚きのあまり声が出る。

「えっ？」

俺の言葉に彼女は反応するとこちらをじっと見た。

「あの……師匠？」

固まる俺と彼女にエミリーが話し掛けるのだが、

「ガリオンじゃない！　どうしてここに？」

エルメジンデが首を傾げ、そう問いかけてきた。


「師匠、改めてお久しぶりです」

建物の奥にある工房にて、俺たちはエミリーの師匠と対峙《たいじ》している。

エミリーとテレサが隣あって座り、その正面に俺とエルメジンデがなぜか一緒に座っている。

ピカピカに磨かれたガラス容器や、錬金鍋、書棚には錬金術関連の書物が綺麗に並べられているし、壁際には錬金術に使う鉱石やハーブなどの材料が置かれている。

先程爆発した部屋とは違い、ここはとても丁寧に使われている様子……いや、使われていないのだろうか？

「うんうん、エミリーも元気そうで何よりね」

エミリーのかしこまった挨拶に、エルメジンデは上機嫌で返事をした。

「それじゃあ、改めて自己紹介するわ。私は【稀代の発明家にして歴史上最高の錬金術師】エルメジンデよ」

「ガリオンだ」

『テレサです』

俺とテレサは形式通り挨拶を返した。

「それにしても、まさか君がエミリーの知り合いだなんてね」

「それはこっちの台詞《せりふ》だぞ」

エミリーの師匠を訪ねてみたところ、先日酒場でくだを巻いていた駄目エルフがいた。まさか彼女がエミリーの師匠だったとはあの時の俺には予想できなかった。

「それにしても、何を作っていて爆発させたんだ？」

俺はこの危険人物が何をしていたのかが気になり聞いてみる。

「うん、ちょっと料理をしてたらね」

『料理とは爆発するものではないと思うのですが……』

テレサも不安になったのか突っ込みを入れる。

「師匠は料理と錬金術を間違えることがあって、時々レシピが混ざって爆発させるんですよぅ」

エミリーがそう告げる。

「お蔭でキッチンが駄目になったわ。またしばらくは外食ね」

エルメジンデは悪びれもせずにそう言う。

「それでガリオンさんはどこで師匠に会ったのですか？」

エミリーは首を傾げると俺たちの接点について聞いてきた。

「ああ、それなら裏路地の小汚い店で――」

「んんっ！」

「何だよ？」

エルメジンデは俺の言葉を遮ると肩を抱き寄せる。整った顔立ちが近くにありドキリとした。

「私、これでもエミリーの師匠なの。あまり情けないところを伝えて欲しくないのよ」

「……了解した」

既にエミリーにとって敬遠される存在なのだが、それは教えない方がいいだろう。

「昨日立ち寄った酒場にたまたまいてだな。少し話をしただけなんだ」

『ガリオン、怪しいです』

嘘《うそ》はついていないのだが、テレサは疑うような絡みつく視線を俺に送ってきた。

「それより、冒険者になりたいって街を飛び出したエミリーが今頃何の用なの？」

エルメジンデは話を逸《そ》らすと腕を組んだ。

「それが、実は師匠に相談がありまして……」

エミリーは前置きをすると、俺たちについて話し始めた。


「なるほど、声が出せなくなる呪い……ね」

ところどころで俺とテレサが補足を入れて説明をするのに一時間程掛かった。

その間、エルメジンデは質問を返したりしながら真剣に話を聞いていた。

「俺たちはテレサの声を戻すためバイコーンの角を霊薬にしてくれる錬金術師を探しているんだ」

彼女は腕を組み目を閉じると難しい表情を浮かべた。

「確かに、私ならその角から霊薬を作ることはできるわね」

「本当か!?」

「でも、私は今とても忙しい。錬金術なんてやってる暇がないくらいにはね」

予想通りの答えが返ってきた。エミリーの実家も彼女にポーション作製を依頼して断られている。

当然断ってくると思っていた。

『そうですか、では仕方ありませんね……』

「だけどまあ、あなたたちなら条件次第で受けてもいいわよ」

「何だって?」

諦めようとしていたところ、エルメジンデはそう言葉を発した。

「それって、どんな条件なんですか？」

エミリーはおそるおそるエルメジンデに条件を尋ねる。

「まず、一つ目はエミリーが私の弟子に戻ってここで錬金術の修行をすること。勿論、実家の支援も再開してもらうわ」

「えぇ……」

実に嫌そうな顔をするエミリー。

「次に、ガリオンとテレサはお金を稼いでくること。そうね……白金貨五十枚にまけておいてあげるわ」

『白金貨五十枚⁉』

貴族の屋敷すら買える金額に俺たちは驚いた。

「それを納めてくれたら最後の条件に、私の発明品に必要な素材の収集を手伝ってもらうわ」

エミリーとテレサと俺の視線が合う。全員がどうするか悩んでいる。

「ううう……師匠の弟子に戻る……」

『白金貨……大金です』

「エルメジンデの発明品《ガラクタ》の素材集め……」

どれか一つでも欠けると彼女は霊薬を作ってくれないのだろう。俺たちは互いに頷く。

「わかりましたっ！　私も師匠のセクハラを受ける覚悟を決めます！」

『そのくらい、稼いでみせます』

「どんな素材だろうと取ってきてやる」

逆に言えば条件を満たせば霊薬ができることが保証されているのだ。引く手はない。

俺たちの返事に彼女は満面の笑みを浮かべると、

「そう。引き受けてくれるのね？　それじゃあ三人とも。しばらくの間よろしくね」

エルメジンデはそう答えるのだった。

四章・無口な魔法少女は雪山を登る

14

「ケホケホッ、お父さん苦しいよぉ」

「おお、アイリス。もう少しの辛抱だからな」

首都にある貴族しか滞在できない宿にて、アイリスは苦しそうにベッドに横たわっていた。

「ええい！　まだ薬はできぬのか？」

「それが……。素材の入手依頼を受ける冒険者がおらず……」

貴族は愛娘《まなむすめ》の病の治療をするためガーデナル魔導国を訪れていた。そこで錬金術師に薬の作製を依頼したのだが、入手難易度が高い素材があり着手できずにいる。

「頼む、誰か……娘を助けてくれ……」

貴族は祈るような気持ちで、娘の手を握るのだった。

★

「とりあえず、どうしたもんか？」

俺とテレサはマグニカルの冒険者ギルドの一角に腰掛け、互いの顔を突き合わせ悩んでいた。

それというのもテレサの呪いを解くため、エルメジンデから多額の金を請求されていたからだ。

『どうにかして私たちで稼ぐしかないでしょう』

「とはいえだぜ、現状の俺たちの手持ちでは全然足りないんだよな……」

こう見えて俺とテレサはSランク冒険者だ。一度の依頼で稼げる金額も多く、蓄えだって一般人から見たら大金だ。

そんな俺たちでもエルメジンデが提示した金額にはまったく及ばないのだから、テレサの解呪にかかる費用の途轍《とてつ》もなさがわかる。

俺は自分とテレサがそれぞれ申告した金額を思い浮かべ、一つのアイデアを捻《ひね》り出す。

「我ながら名案がある！」

『却下します』

「まだ何も言ってないぞ!?」

『どうせガリオンの言うことです、碌《ろく》なものじゃないでしょう？』

ある意味俺を信頼しているのか、テレサは曇りなき白銀の瞳を俺に向けると疑わし気に眉根を歪《ゆが》めた。

それでも、話が進まないと思ったのか、てのひらを俺に向けて促す。

「ここは魔導具の他にもカジノが観光の目玉だろ？　それで稼いだらいいんじゃないか？」

『あいうのは胴元が勝てるようにできていて、ギャンブラーというそれを生業《なりわい》にしている人間がいます。私たちで勝てるとでも？』

「それを言われると身も蓋もない……」

俺たちが戦いに特化しているように、ギャンブルに特化したプロ集団が存在している。やつらは常に縄張りで目を光らせており、金を持っている獲物が迷い込めばあっという間に食い散らかしてしまう。

『そんなことするより、私たちなら堅実に仕事をこなしていけばいずれはどうにかなるでしょう。そうでないとエミリーがいつまでも……』

エルメジンデが俺たちの依頼を受ける条件の一つに、エミリーを弟子に戻すというのがあった。

エミリーの実家から支援金をもらうのが目的なのは明白だが、それにしたってあの変態にエミリーをいつまでも自由にさせておくわけにはいかない。

売られていく豚さんのように泣きそうな顔をしているエミリーを思い浮かべると、彼女の犠牲なくしてありえないのだと気付いた俺たちは、一刻も早く仕事をしなければならないという気持ちになってきた。

『それでは早速仕事を受け――』

その時、ギルドに大声が響き渡った。

「いい加減、無理を通そうとするのは止《や》めてください!!!!」

そちらの方を見ると、部屋から二人の人物が出てきた。

一人は身なりの良い中年の男と、もう一人はこのギルドの職員。

それだけ大声で叫ばれれば目立ちもする、周囲の冒険者も二人に注目する。

「あなたの依頼は危険すぎて受ける者がいないから残ってしまっているんですよ！」

基本的にどのような依頼でも受注する冒険者ギルドだが、実際に依頼をこなすのは冒険者だ。

冒険者はリスクとリターンを天秤《てんびん》にかけるので、よほど危険な依頼でなければ誰かが受けるのだが
……。

「頼む！　誰かアザンテ山に行ってくれ！」

身なりの良い男はこのままでは埒《らち》が明かないと思ったのか、職員と揉《も》めるのを止めて冒険者に直接訴えかけてきた。

瞬間、周囲の冒険者が一斉に目を逸《そ》らす。

「テレサ、アザンテ山って知ってるか？」

俺は彼女にアザンテ山の情報を求める。

『確か、ここから馬で二日程北上したところにある山ですね、年中氷雪に覆われる極寒の地です。標高が高くて道も険しく、頂上付近は崖崩れや雪崩《なだれ》に吹雪と自然の脅威が降り注ぐとか……』

聞いただけで危険なのがわかった。どうりで冒険者たちも表情を歪めるわけだ。

基本的に冒険者はモンスターを倒したり素材を収集するのを生業にしている。雪山など、武器や防

具を身に着けたまま行くとなると食糧の確保も含めて苦労することだろう。

「このままでは……うぅ……」

身なりの良い男は崩れ落ちると嘆いている。恥も外聞もなく曝《さら》け出す情けない姿に、俺は何か事情があるのだと察する。

『ガリオン？』

俺が立ち上がると、テレサは首を傾《かし》げ見つめてきた。

そんな彼女に「悪い」と声を掛けると、俺は身なりの良い男に近付き肩に手を置く。

「その依頼。俺たちが受けてやろうじゃないか」


あれから冒険者ギルドを出た俺たちは彼に連れられて冒険者ギルドを出た。

互いの自己紹介をしたのだが、彼の名前はノーマン＝アビスト。隣国の貴族だが、とある事情でこの国に滞在しているのだという。

俺たちは現在マグニカルの中央にある高級宿の彼が宿泊している部屋にいる。

豪勢な調度品が並べられた部屋で、別室と繋《つな》がっているのか入り口以外にドアが見える。

俺とテレサはソファーに腰を下ろすと、焦燥感を隠そうともしない彼と向かい合っていた。

「それで、俺たちは何をすればいいんだ？　ノーマンさん？」

依頼が残っていたことから、危険な依頼だと思うのだがまずは内容を把握したい。

「ああ、依頼の内容についてなんだが――」

ノーマンが口を開くと奥のドアが開き少女が出てきた。

「お父さん、お客さんなの？」

フリルの付いた寝間着を身に着けた金髪の少女。俺は彼女に見覚えがあった。

「おお、アイリス。体調は大丈夫なのか？」

「うん、少し良くなったよ」

アイリスが近付いてくると、ノーマンは表情を和らげ彼女の頭を撫《な》でる。

アイリスは気持ちよさそうな顔をすると、ノーマンの手を受け入れていた。

『そちらの女の子は？』

俺が気になっていたことをテレサはノーマンに確認する。

「私の娘のアイリスだ。こんな姿で済まない。娘は少し……身体が弱くてな」

ノーマンは言葉を濁すと俺たちにそう告げる。

「あっ！　お兄ちゃんだ！」

アイリスは俺に気付くと明るい顔で叫んだ。

「よっ！　元気にしてたか？」

「うんっ！　と言っても、ちょっと風邪《かぜ》ひいちゃったみたいなんだけどね。えへへへ」

アイリスは苦笑いを浮かべてみせた。

「うちの娘と知り合いなのか？」

『ガリオン、知っている子なのですか？』

ノーマンとテレサが同時に驚く。ここは説明しておかなければなるまい。

「俺たちがマグニカルに到着した後、別行動したことがあっただろ、その時に迷子になっていたところを保護したんだよ」

『ああ、そういえばそのようなこと言ってましたね』

俺がテレサに説明をしている間に、いつの間にか現れたクラウスが同様の話をノーマンにしていた。

「君がアイリスを見付けてくれたのか、ありがとう」

「別に、観光のついでに一緒に歩いただけだ」

ノーマンから感謝の言葉をもらうが、迷子の子供の親を捜すのは当然だ。わざわざ礼を言われるまでもない。

「お兄ちゃん、遊んで！　アイリスずっとお部屋から出られなくて退屈なの！」

アイリスは俺の腕を両手で掴《つか》むとおねだりをしてくる。

「いや、俺は仕事で来てるんだ」

「……駄目？」

碧《みどり》の瞳を潤ませ上目遣いに甘えたような声を出すアイリス。この歳《とし》で男を惑わすこの手管を身に付けているとは将来がおそろしい。

それでも、ノーマンから依頼内容を聞かなければならない。ここは心を鬼にしようかと考えていると……。

『話は私が聞きますから、ガリオンはこの娘《こ》の相手をしてあげてください』

テレサはそう告げた。

「えへへへ、お兄ちゃん。何して遊ぼうか？」

アイリスは嬉《うれ》しそうな笑顔を俺に向けると話し掛けてきた。

「うっ……」

まだ体調が悪いのか俯《うつむ》いて咳《せき》をする。

「アイリスお嬢様、あまり無茶をされては困りますぞ」

クラウスがそれを見てアイリスに注意をした。

あれから隣の部屋に移動したのだが、そこはキングサイズのベッドがある寝室だった。

クラウスがベッドにアイリスを寝かせ、俺はその横に座っている。

「ガリオン様、アイリス様は体調があまりよろしくなく……その……」

「ああ、その辺は配慮するよ」

明るい表情をしているが、身体が青白くやせ細ってしまっている。出会った日から比べても調子が悪そうなので無理をさせるわけにはいかない。

この状況でもできることと言えば何があるか俺は少し考える。

「そうだ、冒険の話をしてやろうか？」

時折、子どもたちにせがまれて冒険の話をするのだが、皆喜んでくれる。

「聞きたいっ！」

アイリスは目を輝かせると俺の提案に食いついてくるのだった。

「――それで足場がない絶体絶命のピンチの状況で、俺は相棒の魔法使いに氷柱《つらら》を出すように――」

数時間程の間、俺はアイリスに自分の冒険物語を話して聞かせた。

アイリスはとても楽しそうに「お兄ちゃんすっごーい」と言いながら耳を傾けていたのだが……。

「すぅすぅすぅ」

どうやら体力が尽きて眠ってしまったらしい。手が俺の服に伸びしっかりと掴まれている。

彼女の頭を撫でると柔らかい感触がして温かい。眠りながら笑うアイリスを見て、彼女の手を服から放しシーツを掛けてやる。

「それじゃあ、俺は戻らせてもらうから」

クラウスにそう告げると部屋を出る。

「テレサ、話は纏《まと》まったのか？」

あれから結構な時間が経《た》った。アイリスを気遣ってこちらに来ないのかと思っていたのだが、テレサもノーマンも険しい表情を浮かべている。

『それが、どうしても折り合いがつかなくて』

テレサは難しい表情を浮かべると俺に依頼内容を説明する。

『今回の依頼はアザンテ山の頂上に咲くと言われている【フリージの花】を摘んでくることなのです』

「うん？　それの何が問題なんだ？」

『アザンテ山は年中氷雪に覆われているので、防寒装備がなければ向かうこともできません』

確かに、日頃平原や森などを活動域にしている冒険者、しかも外国に来ている俺たちにはその準備がない。

『依頼自体は【フリージの花】を摘むということですが、アザンテ山には様々なモンスターも存在しています』

相手の得意なフィールドでの戦闘はいつも以上に危険が伴うことになる。以前もサイクロプスと戦った際、ミスリル鉱山のせいで魔力を吸われてしまい苦戦を余儀なくされてしまった。

『そういった観点から見て、この依頼を受けるべきかどうか私は悩んでいるのです』

俺もテレサも慈善事業をしているわけではない。成功率が低い依頼を断ることもある。俺はテレサの身を案じ、テレサも俺の身を案じているので、今の条件では彼女が悩むのは無理もない話。

「た、頼む！　引き受けてくれ！」

テレサと話をしていても望み薄と感じたのか、ノーマンは俺に縋《すが》り付いてきた。

ここにきて心が揺れる。別に俺たちにはそこまで危険を冒さなければならない理由がないからだ。

ところが、次の瞬間、ノーマンの言葉で事態が変わる。

「娘が難病に冒されているんだ！　花を取ってこなければ……もうすぐ死んでしまう」

俺の脳裏に先程まで見ていたアイリスの笑顔が浮かんだ。

「流石《さすが》に、断れなかった……」

宿を出て俺とテレサは歩いていた。

テレサが言うように、あの依頼は危険が付き纏う。並の冒険者ではまず断る案件だ。

『でも最終的に判断したのはガリオンですよ』

アイリスに会って仲良くなってしまった後では断り辛《づら》い。

「まったく、こんなことなら話を聞くんじゃなかったよ」

とんだ塩漬け案件だ。最近の自分の運のなさを呪ってしまう。

『そう言っておきながらアイリスのことが心配なんですよね？』

口元に手を当てクスリと笑うテレサ。どうやら俺が彼女を見捨てる選択をするとは考えてもいなかったようだ。見透かされている……。

「まあ、行くとなったら仕方ない。準備するしかないか」

元々、ノーマンたちがこの国に来たのはアイリスの病の治療のためなのだという。

こうしている間にも、どんどん彼女の容態は悪化しているらしいので、急ぐ必要があるだろう。

とはいえ、決して治らない病ではなく、素材を集めて薬を作れば治療することができるので絶望する必要もない。

ユニコーンの角で作る霊薬クラスを求められているわけではないので、テレサに比べるとまだましだ。

俺がテレサを見ていると目が合い首を傾げた。

病に苦しむアイリスと呪いに苦しむテレサ。どうにかしたいと必死な顔をするノーマンと自分が重なる。

「どっちも、何とかしてやりてぇじゃねえか」

『ん、何か言いましたか、ガリオン？』

前を歩いているテレサに、

「何でもねえよ」

俺はそう答えるのだった。

15

「というわけで、依頼を受けたからしばらく街の外に行ってくる」

あれから、エルメジンデのアトリエに戻った俺たちは、今後の行動について彼女に話をした。

「ふーん、アザンテ山ね……懐かしい」

話を聞き終えたエルメジンデは口元に手を当てそう呟《つぶや》いた。

『何か知っていることがあるのなら教えてもらえますか？』

エルメジンデがアザンテ山の実情に詳しいと察したテレサは情報を求める。

「そんなに詳しいわけじゃないけどね、ただ、あの山のどこかに古代文明の遺跡があるのよ」

「古代文明の遺跡！　本当にか？」

かつてこの世界には今とは違う文明が栄えていたと言われている。

生活を豊かにする魔導具や空を飛ぶ乗り物などが存在する高度な文明だったのだとか……。

「もし発見できたら一攫千金《いっかくせんきん》も夢じゃないじゃないか！」

『ガリオン、今回の目的はアイリスの治療のための素材収集ですよ？』

エルメジンデの情報に心を躍らせているとテレサが窘《たしな》めてきた。

「仕方ないだろ、古代文明の遺跡なんて単語が出たら興奮しないわけがない」

冒険者が目指す最高の偉業はダンジョン踏破と古代文明の遺跡の発見だ。かくいう俺も小さいころは冒険者の話を聞き、自分がそれらを成し遂げる姿を想像していた。

『ガリオンも子どもっぽいところがあるんですね』

テレサは口元に手を当ててクスリと笑う。その姿に若干言い返したくなるが、ここで話を引っ張っても不利なのでこれ以上言及しないことにする。

俺たちが話している間、エルメジンデは口元に手を当て考えていた。

「それにしても【フリージの花】ね。病を治すアイテムとなると、かなりの錬金術の腕が必要になるわ。そんな凄腕《すごうで》よく空いてたわね？」

エルメジンデは探るように俺を見てくる。

「外国の貴族らしいから、伝手《つて》があったんだろ？」

今でこそエルメジンデに引き受けてもらえたのだが、俺たちも最初、霊薬を作ってくれる錬金術師を探すのに苦労した。

何せ、この国に錬金術師が多いとはいえ、凄腕となるとスケジュールが空いていない。

「まあいいわ、あの山に行くというのならこれを貸してあげる」

エルメジンデは身に着けていた腕輪を外すと俺に差し出してきた。

「これは？」

「魔力を流せば結界を構築してくれる魔導具よ」

彼女は説明を続ける。

「一度使うと丸一日使えないし、数分しか効果がもたないけど、これがあればかまくらもすぐに作れるし便利よ」

確かに、結界を張っている間に周りを雪で固めれば、簡単にかまくらを作り暖を取ることができる。

「もしかして、これってエルメジンデの発明品だったりする？」

俺は気になることがあり、彼女に質問をする。

「いいえ、ダンジョン産よ」

その言葉を聞いてほっとした。

「何であからさまに安心した顔をするのかしら？」

俺が彼女の発明品を警戒していたのが伝わったのか、エルメジンデはじっとりとした視線を俺に送ってきた。

「そ……それはだな……」

ここでこいつの機嫌を損ねたら返せと言われかねない。エルメジンデは身体を俺に寄せ、からかうように質問をしてくる。

俺がどう言いわけをしようか考えていると、テレサが間にわり込んできた。

『他にも何か対策があれば教えて欲しいのですが……』

生真面目な彼女は他にアザンテ山の対策を聞く。

「そうね……他には……」

エルメジンデはそれで気を逸らし考え込むとアドバイスをし始めた。

彼女から魔導具を借り受けた俺たちは、翌日マグニカルを出発するのだった。


目の前にはうっすらと白く色づいた地面が見え、その先には真っ白な化粧を施された山脈が見える。

アザンテ山。一説によると古代魔導装置が暴走した結果、年中氷雪に覆われるようになってしまったと言われる魔物が棲《す》む山。

この山脈の頂上が隣国との国境線となっているのだが、その環境の険しさから人が立ち入ることができず野放しとなっている。

そんな場所の麓に立った俺たちはというと……。

「さ、寒い……」

早速、寒さに震えていた。

山からは絶えず寒気が吹き下ろしてきて肌を撫でてくる。

それでも、事前にエミリーの実家に立ち寄り借りた防寒着を着ているのでいくぶんマシなのだが

……。

「そうだ、属性ポーションを飲んでみるか」

エミリーの父であるコラルさんにアザンテ山について話をしていたところ、ステラさんから「耐寒なら水属性ポーションがいいわよ」と教えてもらった。

エミリーの友人ということで、割引価格で水属性ポーションを譲ってもらったのだがそれでも結構な金額がした。

ステラさんは相当な商売上手で終始笑顔を見せていた。

俺はそのことを思い出しながらポーションを口に含む。

「おおっ！　寒さが和らいだ」

すぐに身体が温まるということはないが、先程までむき出しの顔がとても冷えていたのが今では暖房のある部屋にいるかのようにじわりと体温が上昇している。

「流石は元錬金術師。大した知識だ」

これで効果がなければ文句を言うところだが、ここまで確かな効果があると感謝しかない。

「テレサも、飲んでおけよ」

先程から身動き一つしないテレサ。おそらく寒さに震えているのだろうと思ったのだが、彼女は右手を上げると要らないと主張した。

『今、魔法が完成したのでもう平気です』

彼女を中心に橙《だいだい》の魔力の玉が浮かんでいる。それぞれの玉どうしが線を結び、薄い膜のようなものが視認できた。

『ふぅ、この中は結構暑いですね』

寒さが和らいで喜んでいる俺とは違い、彼女は明らかに暑そうな様子でパタパタと手で風を送っている。

『結界魔法の応用です。今回は魔法の威力をあまり絞る必要がないので楽でした』

即席で魔法を構築するなど、相変わらず規格外なやつだ。

『これなら、寒さについては問題なさそうです。行きましょう』

俺が寒さに耐えている間、こいつは一人ぬくぬくしているのかと思うと、妬みの感情が先立つ。

俺は前を行くテレサの背中に冷えた右手を突っ込んでやった。

『……!?』

びくりとテレサの身体が震えた。

流石に結界内が暖かいとはいえ、急に冷たいものを突っ込まれたら反応もする。

俺の方はテレサの肌に触れ、手がじわりと温まった。

「おー、本当に温かいな」

この分なら、すぐに温まって指も自由に動かせるようになるだろう。そんなことを考えていると、目に涙を浮かべたテレサが俺を睨《にら》んでいた。

『そんなに温まりたいのですか、ガリオン?』

「ああ、いや……もう大丈夫だぞ」

身の危険を感じ、手を抜いた俺はテレサから距離を取る。

『だったら、黒焦げになるくらい温めてあげます』

キレたテレサは火球を生み出すと、俺に向けて放つのだった。


「まったく、洒落《しゃれ》にならない真似しやがって……」

俺は自分のてのひらで魔法の炎を転がしながらテレサに文句を言う。

『ガリオンが急に背中に手を入れてきたからでしょう！』

テレサが放った火球を吸収すると、その魔力を利用して自前の火種を用意する。

そのお蔭《かげ》でこうして暖を取りながら進めるのだが、そういう意図があるのなら事前に教えて欲しいものだとテレサに視線を送った。

「ほら、騒がしくしたからモンスターが集まってきちまっただろ」

登り始めてすぐということもあってか、この辺には木や川もあるのでモンスターが生息している。

『ちょうどいい運動でしょう？』

テレサは俺に挑発的な笑みを浮かべる。

「確かに、少し物足りないくらいではあるな」

俺とテレサは武器を構えると、迫りくるモンスターと戦い始めるのだった。


アザンテ山を登り始めてから二日が経過した。

俺とテレサはモンスターが現れれば火の粉を払うように退け、雪が積もって移動が困難ならばテレサの魔法で溶かしながら進む。

そのお蔭もあってか、当初の予定よりも随分と早く頂上付近に近付いていていた。

「それにしても、これはちょっと油断ならないな……」

現在俺たちは、崖沿いを歩いている。頂上に向かうためには仕方ないのだが、足場が悪く、道幅は狭くはないのだが落ちてしまうと大きくルートから外れてしまうことになる。

「テレサ、大丈夫か！」

俺が後ろを振り向くと、彼女は崖に手をつきながらへっぴり腰で立ち止まっていた。

『駄目です。もう無理です』

なまじ崖下が見えるせいかテレサは怯《おび》えている。

「手を引っ張ってやるから、頑張ろうな」

俺は溜息《ためいき》を吐《つ》くと彼女の下へと向かう。

上から雪の塊がパラパラと降ってきた。

「ん、何だ？」

山頂を見ると、雪煙が立ち、続いて「ドドドッ」と音が聞こえ、振動が起きていた。

「テレサ、こっちにこいっ！」

俺は咄嗟《とっさ》に手を伸ばすのだが、気付くのが遅れてしまったからか既に回避は不可能だ。

「くそっ！」

慌てて駆け寄り、彼女を抱きしめる。

次の瞬間、雪崩に巻き込まれた俺たちは崖下へと運ばれていくのだった。

★

「ガリオンさんたち、今頃頂上に着いたころでしょうかね？」

二人が雪崩に巻き込まれているころ、エミリーはエルメジンデのアトリエで錬金術の修行に明け暮れていた。

「まあ、あの二人はSランク冒険者らしいし、問題ないでしょ」

エルメジンデはそう言うと、何やら魔導具を弄《いじ》っている。

「それより、エミリーは早くマナポーションを作る！」

エルメジンデはエミリーに指示をする。

「師匠！　これでも私、寝ないでずっと作り続けてるんですけど……」

目の下に隈《くま》ができているエミリー。エルメジンデの指導はスパルタで、とにかくぶっ倒れるまでポーションを作らせる。少しでも手順が間違っていたり手際が悪かったりすると目聡《めざと》く見付け、指導やお仕置きと称して身体を触ってくるので、エミリーも気が抜けなかった。

「それより、師匠は何を作られているんですか？」

どうせいつもの発明品《ガラクタ》だろうと失礼なことを考えつつも聞いてみるエミリー。

「これ？　これはね、ガリオンから発想を得た魔導具よ」

「へーそうなんですねーすごいですー」

明らかにろくでもない笑みを浮かべているエルメジンデに、エミリーはそれ以上聞くのを止めると、ポーション作りに戻るのだった。

★

「ううう、気持ち悪い……」

雪の中から這《は》い出した俺は、頭を振ると意識をハッキリさせる。

全身が雪まみれになってしまっているので、立ち上がると頭から足の先まで雪を手で払い、現在地を確認する。

「随分と流されてきたな……」

上を見ると、吹雪のせいで遠くを見ることができない。

「元のルートに戻るのは無理そうだな」

崖を登るのは現実的ではないので、迂回《うかい》ルートを進むしかない。俺がそんなことを考えていると……。

『ガリオン、助けてください』

中空に文字が浮かび上がった。

「テレサ!?」

地面を掘り起こしてみるとテレサが埋まっていた。どうやら遠隔魔法の応用で、離れた場所に魔力で書いた文字を発生させる方法を編み出したようだ。

俺が掘り起こすと、彼女は身体をぶるぶると震わせる。

『寒いです。とても……』

暖房の魔法が切れた状態で雪の中に埋まっていたので凍えそうになっている。

「文句を言うな、あのまま死ぬよりはマシだったんだから」

雪崩に巻き込まれる瞬間、俺はエルメジンデから借りた魔導具で結界を張り直撃を避けた。

だが、雪崩の勢いに流されてしまい、結界を張った状態で転がり続けたので視界が回り酔ってしまった。

最後には結界が切れてしまい、こうして二人、雪に埋もれることになった。

「ひとまず、吹雪が止まないとどうしようもない」

方向を見失ってしまった以上、動き回るのは危険だ。どこかで吹雪が去るのを待たなければならないと思っていると……。

「おっ！　あそこは……」

離れたところに洞窟のようなものが見える。

「ひとまず、あそこに避難しよう」

俺はテレサを引っ張ると、どうにか洞窟に避難するのだった。

パチパチと薪が爆《は》ぜる音がし焚《た》き火の炎を眺める。

洞窟に辿り着いた俺たちは、どうにか防寒着を脱ぐと暖を取り始めた。

『ううう、凍死するかと思いました』

身体を震わせ、焚き火に手をかざすテレサ。

『流石にこの吹雪では暖房の魔法も追いつきませんし……』

雪に埋もれていたからか身体が冷え切ってしまっているようだ。

「確かに、この寒さは魔物よりも脅威だな」

途中から魔物の出現頻度が下がったお蔭で、登山に集中することができていたのだが、吹雪ともなるとそうも言っていられない。剣で立ち向かうことができない自然の方が厄介だった。

「方角もわからなくなっちまったし、仕切りなおしかな?」

頂上付近に近付いているのか、はたまた見当違いな方に進んでいるのか、いずれにせよ外が晴れたらこの場所を確認しなければならないだろう。

「とにかく、早く身体を温めないと」

水属性ポーションがなければとっくに凍え死んでいる。

身体がなかなか温まらずに震えていると……。

『隣に行ってもいいですか?』

焚き火を挟んで向かいにいるテレサの顔が炎により赤く見える。

テレサは俺が返事をするのを待たず隣に来ると、ピタリと身体をくっつけてきた。

「テレサ？」

触れ合った瞬間は冷たかったが、次第に彼女の熱が俺に伝わってくる。

『とても寒いので、仕方ないんです』

俺が見ていると、テレサは恥ずかしそうに顔を逸らした。

「まあ、お前さんがそういうのなら……」

いつにない態度を取る彼女に面食らった俺は、彼女のしたいままにさせることにした。

互いに無言ですごす。外は相変わらず吹雪《ふぶ》いており、激しい風が吹き荒れる音が聞こえてくる。

互いの体温が混ざり、次第に身体が温まり始めたころテレサが唐突に話し掛けてきた。

『何か話してください』

そうは言われても、いきなり何を話せばよいのかわからない。

「今回の件で、呪いが解けたら晴れて自由の身になるわけだが、まずは何をしたい？」

どうせなら明るい話題の方が良いだろう。俺は彼女の先について聞いてみることにした。

『そうですね、呪いが解けたら色々やってみたいことはあります。一人でパフェを食べに行ったり、一人で旅行をしてみたり……』

指を折りながら自分がしたいことを告げるテレサ。既にエルメジンデに依頼をしているので、遠い未来のことではないからか、具体的な話をスラスラと出していく。

「お前さん、俺の存在を完全に忘れてるよな？」

だが、テレサの希望はなぜか一人限定だった。そんなに俺と別行動をとりたいというのか？

『ちゃんと覚えてますよ』

寒々しい視線を向けると、テレサは楽しそうに笑った。

『今の私の生活のいたるところにガリオンがいますからね』

頬が赤く染まる。テレサは無言になると焚き火を見つめる。

『それにはこの依頼を達成させなければなりませんね』

俺はふと、アイリスの姿が浮かんだ。病に冒されている彼女も、今回の依頼で素材が手に入れば難病を克服することができる。

テレサとアイリス二人の幸せがこの手に掛かっているのだ。

『そうです、ガリオン。私の声が出せるようになったらお話ししたいことがあるのですが、時間をいただけますか？』

「うん？　そりゃ、構わないが？」

改まってそう言われると身構えてしまう。

『声が出せるようになるのが楽しみですね』

テレサはそう言うと目を閉じ、俺に頭を預け眠りに落ちる。

俺はそんな彼女の肩を抱き寄せると、自分もそっと目を閉じるのだった。

朝になると吹雪が止み、快晴が広がっていた。山頂も見えるので、迂回すればどうにか元のルートに戻れそうだ。

「これなら何とかなりそうだな」

当然、時間はロスしてしまうがそれも数日。俺とテレサは常人以上のペースで進んでいたので、予定より少し遅れるくらいでマグニカルに戻れるだろう。

そんなことを考えていると、テレサが杖《つえ》で俺を突《つつ》いてきた。

「何だよ？」

俺が振り返ると、テレサは杖で別な方向を指す。

「なんだ……あれ？」

俺たちが目指すアザンテ山の山頂ではなく、別な方向の山の頂上に半透明な建物がうっすらと見える。

ちょうど太陽の光を浴びているからかキラキラと輝いており、その美しさに俺は一瞬見惚《みほ》れてしまった。

『もしかすると、あれがエルメジンデの言っていた古代遺跡では？』

出発前、エルメジンデはアザンテ山のどこかに古代の遺跡が存在していると告げていた。

もしあれがそうだとすると、正規の登山ルートを進んでいたら絶対に発見できない位置にある。

『どうします、見に行きますか？』

俺が古代遺跡に興味を持っていたからか、テレサはじっと顔を見つめ行くかどうか確認してきた。

「いや、今は止めておこう」

俺は首を横に振ると、古代遺跡に向かわないことをテレサに告げる。

「ルートから外れるし、古代遺跡を探索するには準備不足だ」

今はアイリスの病を治すために素材を取りに来ている。どのみち、遺跡の場所は俺たちしか気付いていない。時間ができた時にでも来ればいいだろう。

『そうですね、今はアイリスの病を治すのが先決です』

俺たちは頷《うなず》くと、山頂を目指した。


「これが、フリージの花か」

ようやく頂上に到着した俺たちは、雪の中咲き誇る美しい花を発見する。

まるで雪の結晶のような青みがかった透明の花は摘んでみると硬く、とても冷たい。

「この花は極寒の地でしか咲けないからこそこんなに綺麗《きれい》なんだな……」

エルメジンデからあらかじめ花について説明を受けている。こうして手に取ってみると、今まで見てきたどんな花よりも美しい。

『私の方で冷気を流しますのでこちらで預かりますね』

薬の素材として使うためには保存状態が大切だ。その点テレサなら、冷気の魔法を扱うことができるので問題ない。

保冷容器に入れて定期的に魔法で冷やすことにした。

「それじゃあ、アイリスにこれを届けに行くか」

途中、吹雪にあったり遭難したりもしたが概《おおむ》ね順調に素材を収集できたのではないだろうか？

俺たちは意気揚々とマグニカルに戻ることにした。


「おおおおお、これがフリージの花か！　ありがとう！」

十日ぶりに見たノーマンは痩せこけていた。俺たちがいつ戻るともわからず、どうにかアイリスの命を繋ぐフリージの花を待ちわびていたのだろう。冒険者ギルドの前に立っているのを見たときは驚いた。

「一応、直前にもテレサの魔法で冷やしてるが、早く錬金術師に渡した方がいいかもな」

せっかくここまで慎重に運んできたのだから、駄目になる前に薬を作ってもらった方がよいだろう。

俺はそう告げる。

「ああ、そうだな……。クラウス、これを」

「はい、では早速薬を作っていただける錬金術師に届けてまいります」

クラウスは受け取ると足早に去って行った。

「君たちは、娘の命の恩人だ」

ノーマンは俺の手を握ると感謝の言葉を口にした。

「別に依頼を普通にこなしただけだ。感謝されるようなことじゃない」

『報酬はきちんともらうのであまりかしこまらないでください』

大げさな態度をとるノーマンに俺たちは苦笑いを浮かべた。

報酬を受け取り冒険者ギルドを出ようとするのだが……。

「娘に、会ってやってくれないかね？」

ノーマンはそう告げてきた。

「そうしたいのは山々だが、俺たちも急いで行きたい場所があるんだ」

アイリスが薬を求めているように、テレサも一刻も早く呪いを解きたいと思っている。

「実は、そこにいるテレサも呪いで声が出せなくてな」

「そういうことだったのか……」

ノーマンはテレサが声を出さなかった理由に納得したのか頷く。

「バイコーンの角を使って霊薬を作ってもらう約束なんだ。今は報酬を渡してすぐに作ってもらえるようにしないとならない」

この依頼でエルメジンデが提示する額が貯まったので、できるだけ早く渡してきたいのだ。

「アイリスちゃんが元気になったころに行くから、それまで待っていてくれ」

俺が事情を告げると、ノーマンは頷く。

「わかった。残念だが娘には伝えておくことにするよ」

そう言って宿へ戻るノーマンを見送ると、自分たちもエルメジンデのアトリエに向かう。

「それにしても良かったな」

『良かったです。本当に』

戻る最中、アイリスの容態が悪化して間に合わなかったらどうしようか不安だったが、彼の話を聞く限りどうにか間に合ったようだ。

テレサが俺の手を握り嬉しそうに隣を歩く。

俺はそんな彼女に特に何も言うことなく、一緒に歩くのだった。


「あっ！　ガリオンさん、テレサさん。お帰りなさい！」

エルメジンデのアトリエを訪ねると、ツインテール姿のフリルのドレスを着たエミリーが出迎える。

『何ですか、その珍妙な格好は？』

テレサは冷めた目で彼女を見ると質問する。

「師匠が、私がノルマをこなせないでいると恥ずかしい衣装を着るように命令してくるんです」

エミリーは半泣きになりながらも事情を説明した。

「まあでも、結構似合ってると思うぞ」

錬金術に向いている格好ではないが、エミリーらしさが出ていてとても可愛い。

「そ、そんなこと言われても嫌なものは嫌なんですよぅ」

エミリーは若干顔を赤くするとそう叫んだ。

「何やら騒がしいと思ったら、無事に戻ってきたみたいね？」

「まあな、途中ちょっと酷《ひど》い目に遭ったが、エルメジンデから借りた魔導具は確かに役立った」

「ふーん、良かったじゃない」

「そう言えば、エルメジンデが言っていた古代の遺跡とやらも遠目に確認したぞ」

「えっ！　ガリオンさん、遺跡を発見したんですか!?」

俺がそう言うと、エミリーは興奮して声を大きくする。

『遠目に見えただけなので確証はありませんが、太陽の光を浴びてキラキラと光る水晶のような建物がありました。多分あれが古代の遺跡でしょう』

あのような場所に建っている建造物が他にあるわけがない。

「ガリオンさん、もし遺跡に行くのなら私も連れて行ってください！」

古代文明の遺跡に興味があるのか、エミリーが腕を掴んでおねだりをしてきた。

「まあ、そのうち落ち着いたらだな……」

行くためには過酷な雪道を踏破しなければならず、エミリーでは途中で力尽きる気がしてならない。連れて行くには体力作りを含めて色々準備が必要そうだ。

「ああ、これが今回の報酬だ。これまでの分と合わせて足りるだろ？」

俺は話を本来の目的に戻すと、エルメジンデに白金貨が入った袋を渡す。

「うん、これで問題ないわ」

彼女は袋の中に入った白金貨を数えると報酬に問題がないことを俺たちに告げた。

「これで、霊薬を作ってくれるんだよな？」

俺が確認すると、エルメジンデは一呼吸置いて返答する。

「作り始めるのは構わないけど、もう一つ約束があるでしょ？」

『確か、発明品の素材を集めてきて欲しいんですよね？』

「その通り！」

テレサの答えにエルメジンデは快活な声を出すと指差した。

「まあ、ここまで来たら何でもいいけど、何を取って来ればいいんだ？」

エルメジンデが霊薬を作っている間に取って来れば良いのだから気楽なものだ。

「ちょうど、ガリオンたちが出張っている間に細かい部分は作ったのよね。後はその素材があれば微調整をして完成ってわけ」

俺たちが依頼をこなしている間、エルメジンデは発明品を弄っていたらしく、てのひらで転がしている。一体どのような魔導具なのか気になり見ていると……。

「あなたたちにはダンジョンコアを取ってきてもらいたいわ」

『『「ダンジョンコア⁉」』』

俺たち三人は同時に言葉を発するのだった。

五章・無口な魔法少女は未来を夢見る

16

（もうすぐ、呪いが解けます）

テレサは宿のベッドで目を開けると心臓がドキドキするのを手を当てて感じた。

先日、エルメジンデに霊薬の依頼料を払い作製を開始してもらった。

まだ一つこなさなければならない条件があるが、自分とガリオンならば問題ない。

つまり時間さえ経《た》てば声が戻るのだ。

確定している未来が頭から離れず、ほとんど眠らずこうしている。

（呪いが解けたら色々してみたいことがあります）

先日ガリオンに話したように、一人で街を回り普通の少女のように楽しみたい。

自らの意思を相手に伝えることができるというのは、どれだけ素晴らしいことなのだろうか？

文字だけのコミュニケーションではどうしても誤解も生じやすく、上手く伝えられる自信がない。

それがあったからか、テレサはこれまで最小限のやり取りしかしてこなかった。

(ガリオンとも話したいことが一杯あります)

セクハラを止《や》めて欲しいとか、意地悪を止めて欲しいとか、苦情が次々とテレサの頭に浮かぶ。これまで知り合ってからずっと一緒にいて、散々引っかき回されたので言いたいことは山程ある。

(……それに)

テレサは思い浮かべた言葉の中から、たった一つ絶対に伝えたい気持ちを意識すると顔を赤くした。

(声が戻ったら最初に言うことは決まってますけどね)

夜が明けるまでまだ数時間ある。

テレサは陽《ひ》がカーテンの隙間から差し込むまで、呪いが解けたあとのことを想像し続けるのだった。

★

「それにしても、エルメジンデの欲しがっていたのがダンジョンコアとはな……」

ノーマンの依頼を終え、エルメジンデに支払いを終えた俺たちは一日休むと早速次の目的のため行動を開始していた。

「高難易度の依頼をこなしたと思ったら、より無茶な依頼を達成させないといけないとは……休みが欲しい」

冒険者ギルドの椅子に背を預け嘆く。そんな俺の言葉を無視してか、テレサは注文したケーキとお茶を楽しんでいた。

『確かに、ダンジョンコアともなると、私たちでも身構えてしまいます。何せ、冒険者にとっての憧れですから』

フォークを振りながらテレサは口をもぐもぐと動かす。

以前も説明したが、冒険者になった者が目標に掲げることに、古代文明の遺跡の発見とダンジョン制覇がある。

どちらもそう簡単に成し遂げることができないもので、片方でも達成すれば皆から偉業を称《たた》えられるレベルなのだ。

「俺たちはもう古代文明の遺跡を発見したわけだし、短期間で両方なんて虫が良すぎるだろ……」

エルメジンデが俺たちに何を期待しているのかわからないが、霊薬作製と交換では難易度が釣り合っていないのではなかろうか？

『ちなみに、ダンジョンを探索したことは？』

テレサは右手でカップを持ち紅茶を口に含みながら左手を膝の上に置く。先程から雪崩《なだれ》の時に覚えた遠隔文字筆記を早速使いこなしている。どうやら気に入ったらしい。

「ない。俺はテレサと組むまでソロだったからな、特殊技能が必要なダンジョンには立ち寄る気もしなかったからな」

ダンジョンには侵入者を阻むための罠《わな》がある。

いくら俺が魔力吸収で身体能力を上げられる特異体質でも、力だけではどうにもならないので、選択肢にも上がらなかった。

「そういうテレサはどうなんだ？」

俺は彼女が書き残した魔力の残滓《ざんし》を吸い取ると白銀の瞳を覗《のぞ》き込む。

『何度か、パーティを組んで潜ったことはありますが……』

何やら苦い表情を浮かべる。きっとトラウマがあるのだろう。

『ダンジョンは通路が狭いので、他の方に魔法を当てないようにするのが大変で、前衛が通路を塞ぐとどうしようもなく……』

結果的にパーティと揉《も》めたらしい。

俺自身はダンジョンに入ったことがないのでよく知らないが、ダンジョン経験者によると、低層は迷路のような造りになっていて道幅が狭いらしい。

さらに、モンスターを討伐した時に変化するドロップ品や、トレジャーボックス目当ての冒険者がうろうろしているので混み合っている。

テレサの魔法とはいかにも相性が悪いに違いない。俺は落ち込むテレサを見てダンジョンにおける基本構成について考えてみる。

「ダンジョンを探索するパーティ編成ってどんなもんなんだろうな？」

俺とテレサで前衛と後衛は揃《そろ》っている。互いの戦力を低く見積もってもモンスター相手ならそうそう後れは取らない。後はどのような人物が必要だろうか？

『まずは敵を受け持つ前衛が二人に、後方から攻撃する手段を持つ人間が一人、支援魔法を使う人間が一人、罠やドアや宝箱の鍵を解除する人間が一人。これが最低限ですね』

俺の質問に、テレサはつらつらと必要な構成を告げる。

「なるほど、参考になる」

戦うことなら誰にも負けるつもりはないが、それだけで攻略できる程ダンジョンは甘くない。罠を見破ったり、宝箱や扉などの鍵を開ける必要もある。

『なのでダンジョンを攻略するには、今挙げた役割をこなす人物をパーティに引き入れる必要がありますね』

そこまで話し合ってお互いに眉根を寄せ難しい顔をする。

そもそも、それができるなら最初から困っていないのだ。

テレサがパーティを追い出され続けてきた理由は、声が出せず魔法が身体の近くを通ること。

実際、彼女と組んだ俺からすると、最善を選択し続ければ問題がないのだが、テレサの戦術を理解するには他の冒険者では実力が足りなかったりする。

「最低限、罠を解除するやつがいればいけるだろうか?」

このままだとダンジョンに潜る算段がつかない。そう判断した俺は最小限の人員補充で乗り切れるか聞いてみた。

『わかりませんね。ダンジョンでは不測の事態が起こりますから』

それこそ、大量のモンスターであったり、魔力を感知して発動する罠であったり、こちらの想定を超えてくるものが多いので、人数が少ない程対応が難しくなる。

「そうすると、やはり万全のメンバーを揃える必要があるんだが……」

『言うまでもありませんが、ダンジョン内ともなると、最低限でも相手の動きを知っていなければ私も魔法が使えません。マグニカルでその条件を満たせる人物がいるかというと――』

「だからっ！　ルクスの持ってくる依頼は嫌なのっ！」

突然の大声に、テレサは言葉を止め俺もそちらを見る。依頼の掲示板前で三人の男女が言い争いをしていた。

「仕方ねえだろっ！　活動資金がなくなっちまったんだからよ」

馴染みある顔を見て驚く。言い争っているのはルクスとアリアとライラだった。

「この前もそう言って失敗したじゃないですか」

アリアは腕を組みルクスを睨《にら》みつけている。どうやらまた依頼を失敗したらしい。

「そっちだって、魔力切れ起こしてマナポーション飲んで経費を圧迫しただろうがっ！」

ルクスも苛立《いらだ》ちを抑えず彼女に言い返した。

周囲の冒険者もはやし立てており、このままでは本格的な喧嘩《けんか》になるのではないか。

「いいから、三人とも落ち着け」

「「「ガリオン!?」」」

そのことを察した俺は、一旦仲裁に入ることにした。

「お前さんたち、まだマグニカルにいたんだな？」

盗賊のアジトを壊滅させた後は縁もありマグニカルまで同行したが、その後も滞在しているとは思わなかった。

「カプセに戻ろうかと思ったんだがよ……」

「ライラがカジノで散財してしまいまして……」

「し、仕方ないでしょ⁉」

ルクスとアリアの視線を受けてライラは顔を真っ赤にする。どうやらカジノの洗礼を受けてしまったようだ。

「そっちこそ、随分と優雅な身分じゃねえか」

ルクスはそう言うと俺とテレサが座っていたテーブルを見た。自分がパーティメンバーと揉めている間にティータイムをしていたので嫌みを言ってきたのだろう。

「こんな場所であまり揉めるなよ。カプセの冒険者の評判が悪くなるだろうが」

あまり関わりたくはないが、同じ街を拠点にしているので止めるのは俺の役目だろう。

「……うるせぇよ」

ところがルクスは目を逸《そ》らすと小声で呟《つぶや》いた。

残る二人も無言になる。

「うん？」

俺は三人の様子を観察する。

これまでなら、三人揃って俺に言い返してきそうなものだがその気配がない。

それどころかルクスとアリアとライラの間に溝のようなものができていて、互いを意識しつつ言葉を呑《の》み込んでいるように見える。

「ちっ、もう行こうぜ」

やがて、ルクスがそう告げると二人は無言で歩き出す。ルクスのパーティに不和が生じているのは気になるが、俺には関係ないと考え見送ろうとしていると……。

『少々お待ちください』

立ち去ろうとしているルクスの前に文字が出現した。

「なっ！」

驚き足を止めるルクス。二人も振り返るとその文字を読んだ。

「ん、どうした。テレサ？」

テレサがルクスを引き止めるとは思わなかった。俺は驚きつつ彼女の意図を確認する。

『ガリオン。私たちは現在、パーティメンバーが足りずにダンジョンに挑めないでいるのですよね？』

「まあそうだな」

二人だけでは挑むことが現実的ではないので足踏みをしている状況だ。

『ルクスたちなら組んでいたこともあるので動きもわかります。適任ではないでしょうか？』

俺はテレサの瞳をじっと覗き込む。どうやら本気で言っているらしい。

「だけどだな、テレサ。こいつらはお前さんに酷《ひど》いことをしたんだぞ？　それを許せるのか？」

俺の問いかけに彼女は首を横に振った。

『許す許さないではありません。冒険者に必要なのは互いの利害が一致することですから』

その白銀の瞳には一点の曇りもない。テレサにとってはルクスたちとの確執よりも声を取り戻すことの方が重要なのだろう。

俺は溜息《ためいき》を吐《つ》くと、すっかり固まっていた三人に話し掛ける。

「お前さんたち、俺たちとダンジョンに潜らないか？」

「はぁ？　なんでだよ!?」

案の定というべきか、ルクスが大声を上げる。

「さっきの会話を聞いた感じ、また仕事に失敗したんだろ？」

俺の言葉に三人は痛いところを突かれ黙り込む。

「実はテレサと俺でダンジョンを攻略しなければならない事情があってな」

テレサもゆっくりと首を縦に振った。

「俺もテレサもダンジョン探索は不慣れだから、それを補える仲間を探してたんだ」

『お願いできないでしょうか？』

俺とテレサがルクスを見ると……。

「い、嫌だっ！」

なぜか怯《おび》えた表情を浮かべるルクス。急にそのような表情をする意味がわからない。

「お前！　俺たちをダンジョンで亡き者にするつもりだろっ！」

ルクスは企《たくら》みを看破したとばかりに俺を指差してきた。

周囲の冒険者が物騒な会話にヒソヒソと話しながらこちらを見た。

「んなことして、何の得があるんだ？」

そもそもぶっ殺すつもりがあるのなら、盗賊の時にいくらでも機会があったのだ。それがわからないわけでもあるまい。

「いや、お前は絶対にやる。テレサだって俺のことを恨んでいるに違いない」

疑心暗鬼になったルクスはこちらの話を聞くことなく、目を血走らせ勝手に追い込まれている。

『確かに、言い寄られてパーティから追放されましたが、今は気にしていませんよ』

ルクスのことなどまったく意識の外とばかりにテレサは答えた。

彼女が嘘《うそ》をつかないのはルクスにもわかるのか言い淀《よど》んだ。

「それにしたって、俺だけの問題じゃない。アリアとライラが何と言うか……」

ルクスはとうとう二人に意見を求めるのだが……。

「私は別に構わないよ」

「私も特に問題ありませんわ」

「お前たち正気か⁉」

アリアとライラは肯定的な返事をした。

この二人もテレサを嫌っていたはず。俺はどういうつもりなのか探りの視線を向ける。

「この前だって、盗賊から助けてもらったし……」

「あのままでは下卑た男たちの慰み者にされていました。そこまで恩知らずではありませんわ」

二人は重ね重ねそう告げる。

『ありがとうございます。非常に助かります』

そんな二人に、テレサは深々と頭を下げると、アリアもライラも気まずそうに互いの顔を見合わせた。

まだわだかまりはあるのだろうが、女性同士が互いにそう主張している以上、俺たちもそのままというわけにはいかない。

裏切られたような表情を浮かべるルクスを尻目に、変則パーティが出来上がった。

「さて、まずはいきなりダンジョンに向かうわけにもいかないから準備が必要なわけだ」

大きめのテーブルに移動し、今後の行動について詰めることにする。

「何であんたが仕切ってるのよ?」

ライラが俺を睨みつけてきた。

「テレサは声が出せないし、そうなるとこの場で一番ランクが高いのは俺だからな」

基本的にパーティリーダーというのは一番ランクが高い者がやるのが冒険者の流儀だ。その方が揉めずに済む。

俺は至極当然のことを言ったつもりだが、アリアとライラは意見が違うらしい。

「失礼ですが、ガリオンさんは前衛です。ダンジョン攻略においてリーダーにはふさわしくありませんわ」

アリアは淡々と告げる。感情的になって否定しているわけではないし、俺が嫌いだから出た一言ではなさそうだ。もう少し話を聞いてみよう。

「なら、誰がふさわしいと？」

そのうえで誰がリーダーをやるべきなのか、彼女には答えが出ているようだ。

「ライラです。彼女は目端も利きますし、罠を見破ることもできます。前衛と後衛の間に入るので視野も広くリーダーに向いているかと」

説明を受けてみると確かに適任な気がする。前衛だと戦いながら指示は出せないし、後衛だと距離が離れている。ライラは斥候なので視野が広いからな。

「わかった、それじゃあライラ。頼めるか？」

「私だって全滅したくないからね。全力は尽くすわよ」

俺が指名すると、ふんっと鼻息をならすライラ。女性同士のわだかまりはある程度解消しているが、俺との間の溝はむしろ深まっている様子。

無理もないか、決闘の時は好き放題したし、盗賊と対峙《たいじ》した時も見捨てるような発言をしているのだから。

今後も「女の敵」みたいな視線を向けられ続けるのだろう。

「早速確認したいんだけど、どうしてダンジョンを攻略しなければならないの？」

ライラは俺の言葉尻を捉えて聞いてきた。確かに、俺たちはダンジョンに潜りたいわけではなく明確な目的がある。

「実はテレサの呪いを解くため錬金術師に依頼をしているんだが、その代わりにダンジョンコアを取ってくるように言われているんだよ」

「テレサの……声が出ないという……」

アリアが彼女をチラリと見る。ルクスたちに話したことがないとはいえ、これだけ見ていれば想像もつくらしい。

「なるほどね、だからダンジョン攻略なんだ」

ライラも俺の説明に納得したのか頷《うなず》く。

「それで、どこのダンジョンを攻略しようと思ってたの？」

ライラの言葉に俺は首を傾《かし》げると、テレサを目を合わせた。

「どこって……どこでもいいんじゃないか？」

『ええ、どこでもいいですよ？』

エルメジンデからはただ『ダンジョンコアが欲しい』としか言われていない。適当に目につくダンジョンを攻略するつもりだったのだが……。

「あんたら、ダンジョンを舐《な》めているでしょ？」

ライラは額に手を当て頭痛がしたかのように顔を歪《ゆが》めた。

「いや、別に……なあ？」

『ええ、特に舐めているということはありません。欲しいのはダンジョンコアなので難易度は気にしてませんでした』

「それが舐めているっていうの！」

ライラはテーブルをバンッと叩《たた》くと俺たちに説教を始めた。

「いい？　このマグニカル周辺にもダンジョンは全部で十五もあるの！　そのうち七つは百年以上、六つは二十年以上、二つは五年以上誰にも攻略されていないの！」

ダンジョンごとに出現するモンスターの種類や強さ、深度も違うので、長年攻略されていないダンジョンというのはそれだけでハードルが高い。

「それで、どのダンジョンを攻略するんだ？」

ルクスが控えめに会話に入ってきた。

「そりゃ、やっぱり一番古参のダンジョンじゃないか？」

「ガリオンさん。冗談で言ってるんですわよね？」

アリアがゴミを見るような冷めた視線を俺に向けてくる。

「この急ごしらえのパーティでどうしたら一番難しいダンジョンに挑む発想が出てくるんですか！」

「元Sランクパーティと、現Sランクパーティだぞ？」

俺が平然と言い返すと、

「それはテレサがいたからでしょ！　テレサ抜きにしたら私たちの実力はそんなんじゃ……」

ライラの言葉に俺はニヤリと笑う。

「そうだな、この場の全員がテレサの優秀さを理解しているってことだ」

「……こいつ、ワザとか！」

俺がしておかなければならなかったのは、まずこのパーティにおけるテレサの立ち位置の確認だ。

彼女がパーティを抜けて以来没落した栄光の剣だが、なまじ元Sランクだっただけにプライドが捨てきれていない節がある。

それを解消しないでこのままダンジョンに潜ったら、後で揉めそうだった。

「じゃあ、挑むダンジョンはこの辺で二番目に新しい場所でいい？」

ライラは溜息を吐くとそう確認を取った。

「ああ、構わないぜ」

「俺も構わない」

「ええ、構いませんわ」

『同意』

満場一致で挑むダンジョンが決まった。先程まで俺とテレサの二人でどうするか悩んでいたのに比べるととてもスムーズな進行だ。

「それで、いつからダンジョンに挑む？　明日からいけるか？」

「だから、あんたはどうしてそんなに急ぎたがるのよっ！」

ライラが俺に怒鳴る。

「せめて、挑むダンジョンの構造とか出現するモンスターとか調べてからに決まってるでしょうが！」

「でも、ライラはこの国のダンジョンについて知ってるんじゃなかったのか？」

調べもせずに周囲にあるダンジョンの数や年代をスラスラ述べたのでそのくらい知っているのだと思った。

「そんな情報はちょっと周囲に聞き耳を立ててれば入ってくるから。本当に大事な情報は調べなきゃいけないわよ」

「何日かかる？」

そういうものかと思い、俺はライラが情報収集にかかる日数を聞いた。

「準備も含めて三日欲しい」

その後も、ライラは他に準備するものについてテキパキと決めていく。彼女の存在だけ取ってもパーティに引き入れて正解だった。

結局、その日は出発日を決めて解散となった。

17

「それじゃ、俺は出掛けてくるから」

ルクスたちと臨時パーティを組んだ翌日。俺はテレサに告げると宿を出ることにした。

『わかりました、アイリスには私からのお見舞いの言葉も伝えておいてください』

先日、俺はエルメジンデに早く支払いを済ませるためアイリスに会わずに帰った。

本日はダンジョンの準備期間で時間が空いているというのもあったので、お見舞いに行くことにしたのだ。

テレサの方は、エルメジンデから検査があると呼ばれてしまっており、一緒に行動できなくなった。

彼女もお見舞いをしたがっていただけに非常に残念そうだった。

そんなわけで、一人俺はアイリスが泊まっている首都中心にある宿を訪ねる。

宿に着き、ノーマンを呼び出すが外出中らしく、クラウスが出てきたのでアイリスの部屋へと案内してもらう。

「はぁはぁはぁ」

部屋ではアイリスがベッドに横たわり、苦しそうな表情を浮かべていた。

「まだ、薬ができていないのか？」

予想していなかった事態に、俺はクラウスを振り返ると質問する。

「ええ、薬の作製が遅れているようで……」

俺とテレサがフリージの花を納品したのが二日前。エルメジンデ曰《いわ》く、デキる錬金術師なら二日かからないと言っていたので、とっくに治っているものだと思っていた。

「はぁはぁ……ガリオンお兄ちゃん」

アイリスはシーツから手を伸ばすと俺に声を掛けた。

弱々しい彼女の手を俺は握る。

「大丈夫なのか、アイリス？」

「うん……今、お父さんが薬を取りに行ってくれてる……から……アイリス頑張ってるの……偉い？」

　こんな時、心配そうな顔をすると子どもは敏感にそれを察してしまう。

「ああ、偉いぞ。アイリス」

　そんな彼女の頭を、俺は撫《な》でて褒めてやる。

「えへへへ、お兄ちゃんの手……冷たくて……気持ちいいね」

　アイリスは笑みを浮かべると気持ちよさそうに俺の手を頬に押し付けた。アイリスの頬はとても熱く、よほど体調が悪いことがわかる。

「せっかく……お兄ちゃんが来てくれたのに……アイリス……ねむ……いん……だ……」

　話してる途中で瞼《まぶた》を閉じると寝息を立ててしまう。

「薬は、いつできるって？」

「……二日後にございます」

　俺がダンジョンに潜る日だ。

「旦那様も薬が出来上がり次第持ってくるように錬金術師の下で待機しております」

　俺たちが冒険者ギルドに着いた時も待機していた。それだけ早くアイリスの病を治してやりたいのだろう。錬金術師が動いている以上、今の俺にできることはない。

「また……来るよ」

　アイリスがすっかり回復していると思っているテレサには話さない方がいい。一旦ダンジョンに入ってしまえば彼女の状況もつかめなくなる。

心配事に気を取られていて不覚を取る可能性がある。テレサはそういうやつだから。

俺は、アイリスの薬が一刻も早く完成することを祈って、宿をあとにするのだった。

★

「それじゃあ、テレサさん。こちらの服に着替えてもらえますか？」

ガリオンがアイリスと会っているころ、テレサはエルメジンデに呼ばれアトリエを訪れていた。

『なぜ、そのような服に着替えなければならないのです？』

テレサはエミリーから差し出された服を燃やそうかと杖《つえ》を構える。

「それはね、テレサちゃんの魔力を測らせてもらいたいからなの」

エルメジンデは髪をかきあげ出てくると、テレサを呼び出した理由を告げる。

「そんな形をしていても、それ魔導具なのよ。本人の魔力を測るためのね」

テレサは手に持った薄い布地を見て信じた。

『霊薬の調合をお願いしているのはこちらですから、それに私の魔力の測定が必要とあらば仕方ないですね』

テレサが溜息を吐くと、

「ここは女しかいないわけだし、着替えは……」

『失礼しますね』

テレサは魔法で壁を作り出すと簡易着替え所を用意して着替えた。エミリーとエルメジンデの視線が怖かったからだ。

着替えを終え、二人の前に姿を晒《さら》すと……。

「これは……テレサさんの魅力を余すところなく引き出した素晴らしい衣装。こんな魔導具があったなんて……」

エミリーは驚愕《きょうがく》すると震えながらテレサを見た。

「ばかねぇ、そんなのは口実に決まっているでしょう？」

「もしかして、師匠!?」

エミリーがエルメジンデを見ると、彼女はエミリーの唇に人差し指をそっと添える。

「それじゃあ、テレサちゃん。色々調べましょうね」

エルメジンデは信じ込んでいるテレサに測定と称して色々手を伸ばすのだった。

★

冒険者ギルドでルクスたちと即席パーティを組んでから三日が経過した。

首都の西側門の前で俺とテレサはルクスたちを待っていた。

先程から、何組ものパーティが俺たちを一瞥《いちべつ》して街の外へと出て行く。

「遅い！」

既に待ち合わせから一時間が経過しており、俺は次第に苛々を募らせていた。

「あいつら、まさか来ないつもりじゃないよな？」

一度納得したかのようにみせたのは演技で、実は俺たちを騙《だま》して時間を無駄にさせるつもりだったのではないか？

あいつらにしてみれば、因縁の相手を助ける必要もなく、なんなら足を引っ張った方が良いとすら考えていてもおかしくない。

『ライラさんのあの態度が演技だったとは思えないのですが……』

確かに、挑むべきダンジョンを選定し、必要なものの準備を申し出た様子に嘘はなかったと思う。

俺とテレリがそんな会話をしていると、

「お待たせ！」

馬車に乗ったライラが現れた。

御者台からライラが降り、俺たちに挨拶をする。悪びれた様子もなく、俺は顔をしかめると文句を言う。

「遅れておきながら良い度胸だ」

ライラは一瞬ビビった様子を見せるが、気を取りなおすと言い返してきた。

「うっ……仕方ないでしょ。思っていたより準備に手間取ったんだもん」

『まあ良いではないですか、ガリオン。私たちの分まで用意してくださったのですから』

両手で身体を抱き、ビクビク震えるライラをテレサが庇《かば》った。

「それにしても、随分と大がかりなんだな？」

「それはそうだよ、たった五人でダンジョンを制覇しようってんだから、それなりの荷物も必要になるって」

ダンジョン制覇した後で手に入る宝の運搬目的もあるのだろう。

「ガリオンとテレサ、うちのルクスもいるし戦力は十分だから。罠にさえかからなければ攻略できる可能性は高いと思っている」

ライラはそう言うと俺たちを見渡す。

「だけど、少しでもやばいと思ったら引き返すからそこだけは了承してよね」

本人の性格なのか慎重なことだ。

『ええ、それで構わないです』

テレサがそう返事をすると、

「それじゃあ、ガリオンとルクスが馬車の前を、テレサとアリアは交代で御者台に座りつつ進むよ」

ライラの仕切りで俺たちはダンジョンを目指した。


「前衛の二人、モンスターは絶対流さないで！」

ライラの指示により、俺とルクスがモンスターを食い止める。

現在、俺たちがいるのはマグニカルから馬車で三日程の場所にある街道だ。近くに森があるせいか、モンスターが頻繁に現れるので、そのたびに俺とルクスは馬車を止め戦闘を繰り返していた。

「ちっ！　テレサが魔法で援護してくれれば楽だろうがっ！」

ルクスがそんな悪態をつく。

「駄目に決まってるでしょ。テレサには魔力を節約してもらわなきゃいけないんだから」

いつの間にか季節が変わり秋を迎えていた。

マグニカルはカプセより北に位置している国なうえ、山脈に囲まれているので気候が厳しい。

テレサの役割は、このパーティにおける暖房魔法の維持だ。

モンスターの排除を俺とルクスがして、怪我をした場合アリアが魔法で癒《いや》す。

野宿する際にかまどを設営したり、暖房を維持するのがテレサの役割だ。

「文句を垂れるな、ルクス。そっちの対処が遅れてるぞ！」

「ちっ、わかってる！」

次々と湧き出るブラックパンサーを撃退しているのだが、ただでさえ素早いうえ、数が多いので苦労している。

「あっ！　抜けてきた！　仕方ないな！　もぅ！」

そのうち一匹が抜けテレサたちに迫る。テレサは魔法を使おうと杖を構えるが、ライラはそれを片手で制すると、

「えいっ！」

何かを投げるとそれがブラックパンサーに当たって破裂する。

「特製の痺《しび》れ薬だよ」

ライラは痙攣《けいれん》しているブラックパンサーに近付き短剣で首元を斬り裂いた。

「あいつ、そんな物を持ってるのか……」

俺は感心すると、目の前のブラックパンサー討伐に安心して集中するのだった。


「とりあえず、順調にここまできたよね」

ライラはそう言うと、ここまでの連携に問題がないことを確認する。

中央では鍋がぐつぐつと煮えていて、先程のブラックパンサーの肉が入っている。

俺たちは手ごろな岩にブラックパンサーの毛皮を敷くと囲んで座っていた。

「食糧もまだまだ余裕がありますし、負傷による離脱もなし。かなり安定しているのではないでしょうか？」

アリアの言葉に誰もが納得する。

実際、いまのところ苦戦らしい苦戦をしていない。俺とテレサ二人だった時に比べると圧倒的に楽な進行だ。

「やっぱり、テレサがいると違うよね」

ライラは彼女に視線を向けると、順調なのはテレサのお蔭《かげ》だと言った。様々な面で魔法で段取りを整えてくれるので、準備や後始末が楽になり、その分進行速度も上がる。戦闘に参加させるよりも安定している。上手い運用の仕方だ。

「それもありますけど、ガリオンさんの戦闘力も素晴らしいかと。伊達《だて》に私たちを相手取って完封したわけではありませんね」

アリアが珍しく俺を褒めた。

決闘の際、一対三十で戦いボコボコにしたことを思い出したのか、ルクスは苦い表情を浮かべている。

「ライラの判断もなかなかだぞ。俺とテレサだけだとこうまで手際よくいかなかった」

お返しではないが、この旅の間に何度も思った言葉を口にする。

『ガリオンはよく突飛な行動をしてトラブルに巻き込んでくるので、それに比べれば快適です』

テレサも場の雰囲気の良さを感じ取ってか、会話に参加してきた。

「何それ。あんた何をやってるわけ？」

かつては敵対した間柄だというのにこうして一つの鍋をつつくのは不思議な雰囲気だ。テレサは二人とも徐々に会話をできるようになったし、アリアとライラの俺に対する敵意もなくなった。

だが、ルクスだけは相変わらず憮然《ぶぜん》とした表情を浮かべているのが気になる。こうした場でもほとんど口を開かず、聞き役に徹している。

「それじゃ、後はゆっくり寝ようか」

食事を終え、三人は馬車へと引き上げて行った。女性三人は寝て俺たちは見張りとなる。

この冒険の間、交代メンバーも固定されてしまい、俺はルクスとずっと行動をともにしているのだが、彼女たちの方からもルクスに話し掛けることはほとんどない。

しばらくの間、無言で火を見ている。ルクスは時折薪をくべる以外はこちらを見もしなかった。

「なあ、お前さんたち変じゃないか？」

見張りの暇つぶしというのもあったのだが、ルクスの様子が変なことに気付いていたので俺は話し掛けた。

答えが返ってくるとは期待してなかったが、ルクスは口を開く。

「あの時からよぉ。俺は二人に嫌われちまってるんだ」

あの時というのは思い当たる節がある。ルクスが盗賊を前に二人を置いて逃げた時のことだろう。

「俺は二人を置いて逃げた。その後の救出も一時はお前に預けようとした。そのせいで、今も二人からは距離を置かれている」

俺とルクスがペアを組まされ、女性三人がトリオで行動するのはライラが決めたのだが、そのような意図があるのは俺もわかっていた。だが本当に嫌われているのならそもそもパーティを解消されているはず。そのことに疑問を浮かべていると……。

「俺はどうすればいいと思う？」

ルクスの目は真剣だった。真剣に俺にアドバイスを求めてきているようだ。

正直、俺はルクスのことが嫌いだった。テレサを傷付けたし、大切にしているはずの女を置いて逃げるような屑《くず》だから。

「失っちまった信頼は、取り戻すしかねえよ」

だけど、その後の行動には共感できる部分もなくはない。ライラとアリアを救うために盗賊の注意を引き付け、敵対した俺に頭を下げた。ルクスの性格からは考えられない行動だった。

「一度Bランクまで落ちてもお前と一緒にいてくれた二人に報いたいと思うなら、今が頑張りどころだぞ」

俺は今もルクスが嫌いだが、頑張る人間は嫌いじゃない。自分の大切な女の幸せのために行動できるかどうか、ダンジョンに潜る間に変わることができるかもしれない。

「……そうだな」

ルクスは短く返事をすると、焚き火に薪を放り込むのだった。

18

「それでね、王都に美味《おい》しい店があってさ」

「またその話ですか、ライラ」

「うるさいな、だって仕方ないじゃん。王都には目移りするくらい良い店が一杯あるんだから」

かまくらの中でアリアとライラが話をしている。内容はこの冒険が終わったらどこに行きたいかだ。

そんな二人をテレサはじっと眺めていた。

「あっ、ごめん。うるさかった？」

「そうですよ、ライラ。テレサも疲れていますのに」

『いいえ、まったく大丈夫ですよ』

テレサは文字を出現させると二人に意思を伝えた。

『それに、その……美味しい店というのは私も興味がありますから』

文字が掻《か》き消えて次の文章が浮かび上がる。

恥ずかしそうな様子を見せるテレサをアリアとライラは自然と見つめた。

『どうかしましたか？』

テレサは首を傾げると、自分を見ていた二人に問いかけた。二人は改まると、

「テレサ、追放してごめん」

「私も謝りますわ」

ライラが両手を合わせ、アリアは頭を下げ謝罪する。

『なぜ、今頃謝るのですか？』

本心から謝っているのがわかるが、なぜ今なのか？

「私たちがテレサの本当の力を知ったのが最近だったから……」

ライラの言葉に首を傾げる。

「この旅の間、テレサが放つ魔法を何度も見ました。相変わらずガリオンさんやルクスの隣を通りすぎるので冷や冷やしていましたわ」

最初の方、連携の確認ということで一通りの動きを試していた。

「最初は相変わらず危ない戦い方だと思いもしたよ。だけど……」

「ガリオンさんが戦闘が終わった後、テレサの行動について論理的な説明を私たちにしてくださいましたの」

テレサが魔法で野宿の設営をしている時を選び、ガリオンが三人にテレサの行動について説明をしていた。

「お蔭で私たちはテレサが呪いで声を出せず苦しんでいることも、これまで説明してもわかってもらえず苦しんできたことも知ることができたんだよ」

『そうですか……ガリオンが』

テレサは嬉《うれ》しそうに微笑《ほほえ》むと胸にそっと手を当てる。その表情を見たアリアとライラは目を大きく見開くと、

「今のテレサを見てるとルクスが執着したの、わかるかも」

「ええ、ですが警戒心も起きませんね」

二人の言葉にテレサは首を傾げる。

すると、ライラは悪戯《いたずら》な笑みを浮かべ告げた。

「今のテレサには良い人がいるみたいだしね」

『べ、別にそんな人はおりません！』

毛布で口元を隠すテレサに、アリアとライラは近付くと、

「その辺についてはゆっくり話してもらいましょうかね」

「そうだね、夜は長いことだし」

二人は詰め寄るとテレサに話し掛け続けるのだった。

★

「何てことをしてくれたんだっ！」

怒鳴り声を上げ、ノーマンは錬金術師の襟を締め上げた。

「も、申し訳ありません！」

錬金術師は震えあがると謝罪を口にする。

「貴様が薬を作れるというから散々待ったのだぞ。それなのに、失敗しただと！」

アイリスの難病を治療するためにマグニカルを訪れたノーマンは、伝手《つて》を辿《たど》り錬金術師に依頼をした。

その時は、これで娘の病を治してやれるとホッとしたのだが、よりによってこのタイミングで失敗したなどと……。

「くそっ、こうなったら作りなおさせるしか……」

ノーマンの焦りの声をクラウスが拾う。

「それが、素材がもうありません」

「もう一度採って来てもらえば良いだろ！」

ノーマンの脳裏にガリオンの姿が浮かぶ。一度達成したのなら次もやってくれるはず。

「ですが……」

「金は二の次だ。今はアイリスの命を救うことを優先せよ」

てっきり、資金面を気にしているのだと考えたノーマンだったが、クラウスは違う内容を口にした。

「ガリオン様とテレサ様は現在、マグニカルを離れております」

見舞いに訪れた際にガリオンが言っていた。またしばらくマグニカルから離れると……。

「そんな……では……薬は？」

次第に容態が悪くなるアイリスを前に、ノーマンは絶望の表情を浮かべるのだった。

★

「これが、今から俺たちが潜るダンジョンか」

数日を経て、俺たちはようやく目的のダンジョンまで到着した。

洞窟の入り口があり、周囲には雪が積もっている。

移動に馬車で一週間。マグニカルから遠く、辺境にあるせいか、俺たち以外にダンジョンに潜る冒険者の姿も見当たらない。

「ここは昆虫型のモンスターが多く生息しているダンジョンで、採れる素材はそこそこなんだけど、気持ち悪さと遠さもあってあまり人気がないんだよ」

モンスタードロップで稼ぎたければ、マグニカルから数時間の場所にあるダンジョンが人気なので、冒険者はそちらに行ってしまうのだという。

「確かに、この季節にわざわざこんなところまで来ねえわな」

ルクスの吐く息が白い。アザンテ山程とは言わないがなかなか気温が低い。テレサの魔法がなければ到着までもっと時間が掛かっただろう。

『昆虫……ですか？　私はあまり得意ではありません』

テレサは嫌そうな表情を浮かべると、ダンジョン入り口を見た。

「平気平気。なんたってガリオンたちがいるから。私たちは後方から支援してれば直接戦わなくて済むもんね」

完全に俺たちを盾にする気まんまんのライラの発言に、俺とルクスは眉を顰《ひそ》めた。

「ああ、どんなモンスターが来ても、俺が支えて絶対に後ろには通さねえよ」

ルクスの言葉に、俺を含めた全員が一瞬言葉を止める。

これまでの道中、彼がこうまでハッキリ言ったことはなかったからだ。女性三人は互いの顔を見合わせるとルクスの目を見た。

ルクスの顔には、これまでにない覚悟が宿っていたからだ。

「そうだね、一匹流すごとに二人には一杯奢《おご》りのペナルティで許してあげる」

「はあっ！　ふざけんなよっ！」

「流さないと言っているのですから平気でしょう？」

ライラがからかい、アリアが諭す。久しぶりに見る自然な三人の様子にどこかホッとする。

「ちっ、見てろよ！」

ルクスがアリアとライラと話をしていると、テレサがこっそり近付いてきた。

『何かされたのですか？』

ルクスとアリアとライラの様子がおかしいことにはテレサも気付いていたようだ。

「いや、男にも意地があるって話だ」

あの晩、多くは語らなかったがルクスにも感じる部分があったのだろう。

「そっちこそ、二人と随分仲良くなれたみたいだな」

俺が聞き返すとテレサは顔をポッと赤く染める。

『まあ、色々話を聞いていただきましたので……』

ここ数日は何やらこそこそとやり取りをしているようなので、内緒話でもしているのだろう。秘密を共有するのは仲良くなる手段として悪くないからな。

「とにかく、これで最高の状態でダンジョンを進めそうだな」

『ですね』

俺たちはダンジョンへと入って行くのだった。


「テレサは横から抜けてきそうなモンスターの牽制《けんせい》。あの二人に掠《かす》ってもいいから全力で！」

ライラの指示とともに、俺の真横を氷柱《つらら》が通り正面のモンスターに突き刺さる。

「いいわけあるかっ！」

ルクスが文句を言いつつも剣を振るいモンスターを斬り伏せる。

「流石《さすが》にその指示はどうかと思うぞ……」

俺は自分でもモンスターを数匹受け持ちながらもライラを咎《とが》める。

「冗談だって。テレサの魔法が当たらないことは私らが一番よくわかってるからさ」

ライラなりにテレサに信頼を示しているらしい。テレサは集中して魔法を放っている。

俺とルクスもこれまで一発も攻撃を受けていないので、その通りなのだがそれでもそんなことを言われると背中が気になる。

アリアが支援魔法を掛け、俺たちが前線を支え、後方からテレサが撃つ。このフォーメーションは完璧で、ダンジョンに入ってから半日経つが一切崩れることはなかった。

戦闘が終わり、安全地帯を確保して休憩をする。

「それじゃあ、私は先の方の罠を見てくるから休んでて頂戴」

戦闘時に手を出さなかったからか、ライラは俺たちが身体を休めている間も先の地形を把握しようと率先して行動している。

アリアはテレサと食事の用意を始めているし、ルクスはライラの方を気にしながら休息をとっていた。

「それにしてもダンジョンに入って半日で随分と奥まで進みましたね」

「そうなのか？」

アリアに聞くと彼女は顔を上げ答えた。

「私はルクスとパーティを組む前に大規模なダンジョン攻略パーティに参加したことがありますが、モンスターとの戦闘にももっと時間が掛かりましたし、怪我人の治療や罠の解除などでもっと時間が掛かりました。とてもではありませんが、こんなに早く進めません」

それもこれもこのメンバーの動きが噛《か》み合ったからだろう。

罠をいち早く発見して潰すライラと俺。ライラは物理的な罠を解除するのに長《た》けていて、俺は魔力を吸い取ることで魔導的罠を無効化することができる。

殲滅《せんめつ》力に対しても、俺とルクスが耐えていればテレサが一撃でモンスターを沈めてしまう。

また、ところどころに挟み込まれるアリアの支援魔法もこれらの活躍の一助になっているのは言うまでもない。

少数ながら息の合ったこのパーティは、大規模パーティに劣らぬ活躍を見せている。

「お待たせ、先の方の罠は潰しといたよ」

そんな話をしているとライラが戻ってきた。

「もう少しで食事の用意ができますからお待ちください」

食事の用意もアリアがしており、テレサはその補助をしている。

「魔法の罠に関してはいくつかあったっぽいから目印しといた。後でガリオンが潰して」

「ああ、任せておけ」

物理的な罠はライラが、魔法の罠は俺が潰す役割分担だ。

「それにしても、魔力を吸うなんて反則もいいところだよ」

ライラはじっとりとした視線を俺に向けてきた。

「普通はね、魔法の罠って解除が難しいの」

彼女はダンジョン攻略でもっとも時間を食うのが罠解除だと告げる。物理的な罠より魔法的罠の方が手順が複雑らしく大変らしい。

俺の特殊能力ならそれらを無視して罠そのものを無効化することができる。

「魔法使い相手なら無敵だし、私とコンビを組めば完璧だよね」

何やら、厄介な相手に目を付けられた気がする。俺がどう返事をすべきか考えていると……。

『ライラ、ちょっと料理でわからないことが』

俺とライラが話しているとテレサが顔を突き出す。

「ああ、うん。何かな?」

俺は三人が仲良く料理をしているのを見るのだが、ふとアイリスのことを思い出してしまう。

出発前の時点で薬ができていなかったが、予定通りなら今頃難病を退け快復《かいふく》に向かっているはず。もうマグニカルにいない可能性もある。

元気だったころアイリスは俺の冒険話を聞いてとても楽しそうにはしゃいでいた。もし戻ってまだ滞在しているようなら、今回の冒険の話をしてやるのも悪くない。

「ん、どうした?　ガリオン?」

彼女が元気でいる姿を思い浮かべたからか、自然と俺は笑っていた。

「いや、何でもない」

テレサの呪いを解き、ノーマンが見守るなかアイリスに話を聞かせる。そんな幸せな状況を既に手に入れたつもりになるにはまだ早い。

「それよりこの先に出現するはずのモンスターの受け持ちについてなんだが……」

俺は考えを振り払うとこの先のダンジョン攻略についてルクスと打ち合わせをするのだった。


夜になりダンジョンの休憩部屋で休息を取っている。この調子なら明日にはボスに挑めるとライラが言っていたので、ここで万全にしておくことになった。

休憩場所の入り口に注意すれば済むので、ルクスも休ませ俺は一人で見張りをしている。

そんな中、皆が休んでいる場所から一つの影が動いた。

誰かと思えば、テレサが毛布から這《は》い出し俺に近付いてきた。

「どうした、まだ交代の時間じゃないぞ？」

ゆっくりと寝ておけという意味で言ったのだが、テレサは隣に腰を落ち着けるとじっと俺を見上げる。

『最近、ガリオンとすごす時間が減っていたので』

テレサは頭を俺の肩にもたれかけさせてきた。

「今日は魔法を連発して疲れただろ？　もっと休んでおいた方がいいんじゃないのか？」

テレサは体力がないので、きっちり休んで回復させた方がよい。俺は彼女が無理をしていないかと思いじっと観察する。

すると、テレサは恥ずかしそうに俺から目を逸らしてしまった。

『それが、目が冴《さ》えてしまって』

テレサは視線を外したまま、空中に文字を浮かび上がらせる。俺は自然と彼女の顔からそちらに視線を向けることになった。

『これまで、他人と行動をともにするのは苦痛でしかありませんでした。ですが、ガリオンと知り合ってから段々人と接することにも慣れてきたのです』

右手に温かい感触がある。テレサが手を繋《つな》いできたのだ。

『ルクスやライラやアリアにしても、昔は苦手だったのですが、ガリオンが間に入ってくださり、私の意思を伝えてくれたお蔭で随分と関係が良好になりました』

「確かに、随分と仲良くなったよな」

今日も一緒に料理をしていたし、テレサから積極的に質問するなど以前なら考えられなかった。

『何か、悩んでいませんか？』

テレサは俺を見上げると内心を読み取ろうと白銀の瞳を向けてくる。

「いや、別に何もないぜ？」

俺は普段通り明るく振る舞うと、おどけてみせた。

『ガリオンは悩みがあっても言いませんからね。ですが、私はそれを少し寂しいと感じているのです』

ところが、そんな俺の嘘を彼女はあっさりと見破ってしまう。

『ガリオンが私にそれを言わないのは、私のことを気遣ってくださっているからだと理解しています』

テレサは俺の手に指を絡めると潤んだ瞳を向けてきた。

『ですが、もっと私を頼って欲しいのです。あなたのパートナーなのだから』

その言葉に俺はドキリとする。今この瞬間、アイリスのことを話してしまいたい。だが、俺の杞憂《きゆう》かもしれない不安をわざわざテレサに伝えるのは間違っている。

「大丈夫だから、な？」

代わりに俺は彼女の頭を撫でた。アイリスにしてやったように優しく。

テレサは不満そうな顔をしたが、すぐに表情を改めると俺に身体を預ける。

『このダンジョンを攻略してマグニカルに戻れば、霊薬が完成しているころでしょう』

エルメジンデから聞いている工程からして、ちょうど完成する前後に戻れる計算だ。

『声が出せるようになった私は、色んなパーティから引く手数多《あまた》になると思います。ガリオンもこれまでのようなエッチな言動は慎まないと駄目ですよ』

クスクスと笑うテレサ。軽口を言って俺をからかってくる。

「テレサは知らないかもしれないが、俺だってそれなりにモテるんだぞ」

いかつい戦士やら、やばい目つきをした斥候やら、スケべな顔をした魔法使いやらから仲間にならないか声を掛けられたことがある。全員怪しい男だったので断った。

『ガリオンの魅力は私だけが知っていればいいので』

テレサは安心したかのような表情を浮かべ俺にそう告げた。

「そろそろ交代の時間だからルクスを起こす」

俺はテレサに何と答えてよいかわからず、ルクスを起こすと毛布をかぶり休息を取るのだった。

19

「いよいよ、ボス部屋に到着したわね」

ライラは薄気味悪いものを見るような表情を浮かべていた。

目の前には血のように真っ赤な扉が立っている。ダンジョンの最奥部に通じる扉だ。

とても不気味で、こうして見ているだけでも鳥肌が立つ。

ダンジョンコアがある広間は例外なくボスモンスターが守っている。

その強さは、これまで戦ってきたモンスターなど比べものにならず、歴戦の戦士でも無傷では済まないと言われている。

そんなボスにたった五人で挑まなければならない俺たちは、一様に深呼吸をして緊張を和らげていた。

「皆、そこまで緊張することないぞ」

俺は皆と目を合わせると声を掛けた。

「俺とテレサは随分と前に不利な状況でもAランクモンスターのサイクロプスを無傷で倒したことがある」

「そりゃ、ガリオンとテレサはそれだけ強くてSランクだし……」

「今回はそれに加えて、お前さんたちもいる。普通に考えればダンジョンボスくらい倒せないわけがないんだ」

ライラの言葉を遮る。俺が三人の実力を認めた発言をすると、ルクスたちは大きく目を見開いた。

『ガリオンの言う通りだと思います。皆さんは気付いていないかもしれませんが、ここに到達するまで、段々と動きも良くなってきましたし、連携も取れるようになりました』

特にルクスはずっと俺と前衛で戦わせていたので、粘り強くなっている。

俺とテレサの言葉に、

「あなたたちがそう言うと、ダンジョンボスも大したことがない気もしてきますね」

「だな、ダンジョンボスよりガリオンとテレサと戦う方がきついかもしれない」

「そうだね、とっととお宝をゲットして帰ろうよ」

アリアとルクスとライラの緊張がほぐれた。

全員と目が合い頷くと、

「それじゃあ、最後の戦いを始めるとしようか」

俺たちは気合十分の状態でボス部屋に突入した。


「暑い」

ボス部屋に入った俺たちは、これまで通りフォーメーションを展開する。

俺とルクスが前線に立ち、ライラが中心でテレサとアリアが後衛。

「足場が砂地かよ……動き辛《づら》い」

ルクスが言うように、地面が砂で埋め尽くされており、この暑さと相まって砂漠のようだ。

「今のうちに支援魔法を掛けていきます」

アリアは自分の役割を果たすべく支援魔法を俺たちに掛ける。身体が輝き身体能力が上昇するのを感じた。

「そろそろ、ダンジョンボスのお出ましのようだよ」

ライラが注意すると、砂地に魔法陣が浮かび上がりモンスターが召喚される。

出現したのは赤の斑点を身体に宿した巨大なサソリと、ウルフくらいの大きさのサソリが大量に。

「【デッドリースコーピオン】と取り巻きの【スコーピオン】だね」

スコーピオンについては冒険者をしていれば聞いたことがある。デッドリースコーピオンはというと……。

「そいつの尾の攻撃は絶対に受けちゃ駄目だからね！」

ライラがいつにない真剣な声で注意を呼び掛けてきた。

「デッドリースコーピオンは強力な毒を持っています。高位の解毒魔法か上級解毒ポーションがなければ治癒できない。毒を受ければ数分で死にます」

「そいつは、ちょっと面倒な相手だな」

アリアは高位の解毒魔法を使えないし、流石に上級解毒ポーションは持ち合わせていない。

そんな相手を一撃ももらうことなく倒すというのはなかなか骨が折れる。

「それに、スコーピオンもいるしな……」

取り巻きとして現れているスコーピオンも決して弱い存在ではない。単独ならCランクモンスターだが少し数えただけでも十四以上いる。ダンジョンのモンスターは外に比べて強さが強化されることから、Bかその上くらいの厄介さで間違いないだろう。

「くっ、こうなったら俺とガリオンがデッドリースコーピオンを倒す間、ライラとテレサにスコーピオンから身を守ってもらうしか……」

俺とルクスでボスを倒し、三人には後方に控えてもらい援護をもらう。ルクスはこれまで通りの戦術を試みようとするのだが……。

『いえ、ここは私とガリオンがボスと戦います』

テレサは前に出ると杖を掲げた。

「でも……危険なんだよ？」

ライラがテレサの身を案じ、不安そうな顔をする。

『魔法で仕留めるので近付く必要はありませんし、前衛は絶対にガリオンが守りますから』

テレサは全幅の信頼を俺に向けてきたので、この信頼を裏切ることはできない。

ルクスとアリアがホッとした表情を浮かべていた。

ルクス本人も気付いていたのだろう。このボスを相手に無傷でやるには実力が足りていないことに。

テレサはこのままではルクスが死ぬ可能性が高いと考え交代を申し出た。

「それじゃあ、ルクスとテレサが交代。その代わり、スコーピオンだけは絶対に私たちで処理するからね！」

ライラの決定に全員が頷く。

「言っておくが、大量のスコーピオンもかなり危険な相手だぞ」

「そのくらい、私たちなら何とかしてみせます」

「ああ、とっとと片付けて援護してやるよ」

俺の言葉に、アリアとルクスは返事をした。

その言葉を皮切りに、俺とテレサはデッドリースコーピオンへと突っ込む。

並走しながらも、テレサは上級魔法で突風を生み出し、デッドリースコーピオンに向けて放った。

射線上にいたスコーピオンは風で吹き飛び仰向けに倒れている。砂ぼこりが舞い上がり、俺とテレサは薄目にして様子を窺《うかが》うのだが、上級魔法はデッドリースコーピオンに当たるとわずかに身体を後退させるだけで傷一つ与えることができなかった。

「あれだけ距離があると流石にダメージにならないか……」

元々、進路を妨害していたスコーピオンをどかすための魔法だったが、少しはダメージを与えられると思っていたので残念だ。

風で流されなかったスコーピオンが左右から殺到してくるのが見える。

「【クレセントスラッシュ】」

「【スパイダーネット】」

ルクスとライラが立ち、スコーピオンの注意を自分たちに引き付けた。

俺とテレサはその場を二人に任せると、デッドリースコーピオンに立ち向かった。

★

「ひぇぇぇ、気持ち悪いよぉ」

ライラはルクスと背中をあわせると、周囲を取り囲んだスコーピオンに視線を向けていた。

ルクスの剣技を受けて倒されたスコーピオンが数匹、ライラの網に捕らわれて戦闘不能になっているスコーピオンが数匹。まだ十数匹残っている。

「ちまちま片付けていても仕方ねえ。俺がクレセントスラッシュで倒すから、ライラは技を放った直後のフォローをしろ」

「まったく、いつも自分が格好付けることばかりしか考えていないんだから……」

そうは言いつつも、それがルクスのすべてではないと知っている。

女好きで自分が一番でないと気が済まないルクスだが、それでも戦闘時には率先して前に出てアリアやライラに攻撃が及ばないようにしている。

「はっ、それが俺だからな。ガリオンにだっていずれリベンジしてやる」

今までそんなルクスに物申す人間が周りにいなかったため傲慢になっていたが、ガリオンにやりこめられてからは徐々に変わりつつある。

「はいはい、それにはまず借金を返してからね」

「その借金の大半はお前だろっ！」

一度プライドを砕かれたことが良かったのか、アリアやライラに弱みを見せることで、これまでよりも言い合うようになった。

ルクス自身が負い目から二人に距離を置くようになっていたが、アリアもライラも別に彼を嫌いになったわけではなく、本音で話すようにしていただけ。

「二人とも、口よりもまず手を動かしてください！」

離れた場所でアリアも杖を構え魔法の支援を行っている。身体能力を引き上げる魔法や治癒魔法など、二人が傷を負うたびに小まめに掛けていた。

「ちっ、それにしても皮が硬すぎるぜ……」

連続してクレセントスラッシュを放つも、外皮に当たると滑ってしまう。

「仕方ないよ、私たちは地道に戦うしかできないんだからさ」

ガリオンやテレサとは違う。あの二人のように強力な攻撃手段を持ち合わせてはいないのだ。

それでも、ここで全滅して二人の背後を狙わせるわけにはいかない。

三人は気合を入れるとスコーピオンの相手を続けた。

★

「おお、ルクスもやるじゃねえか」

背後で戦闘が始まったのを見た俺は、ルクスたちが奮闘しているのを確認した。

あの様子なら、そうそう後れを取ることはないだろう。

「さて、こいつを倒せばミッションコンプリートだ。今、どんな気分だ？」

威嚇するデッドリースコーピオンを前にして、テレサに軽口を放つ。

『砂だらけになってしまったので、早く湯浴みをしたいです』

砂場を走ったせいか、靴の中にも砂が入り込み気になる。砂ぼこりも降り注いだので、俺たち全員砂まみれになっている。

「俺としては、テレサが声を出せるようになる最後の試練のつもりで聞いたんだが、お前さんは相変わらず余裕だな」

ボスを倒すのは既定路線とばかりにあっけらかんとした表情を浮かべている。

『ピイイイイイイイイイイイイイイ！』

デッドリースコーピオンが叫び声を上げ襲い掛かってきた。

地を這いながらハサミを俺に向かい振り下ろしてきた。その攻撃を飛びのいて避《よ》ける。


――ズンッ――


地面が抉《えぐ》れ、砂ぼこりが舞い上がる。

「ぺぺぺっ、攻撃自体は大したことないがこの砂は嫌がらせだな」

小さな足を動かし距離を詰めてくるが、その間合いからいくらハサミで攻撃してきたところで俺に当たることはない。

観察すると尾がゆらゆらと揺れているようだが、一発食らえば死ぬという毒も、攻撃範囲に入らなければまったくの無意味だ。

『ピィィィィィィィィィィィィィィィィ！』

デッドリースコーピオンが叫び声を上げながら距離を取った。

『ピイイイイイイイイイイイイイ！』

次の瞬間、今までデッドリースコーピオンがいた場所に氷柱が突き刺さる。テレサが魔法を放ったのだ。

思っているよりも素早い後退で攻撃を避けられ、テレサは不満げな顔をする。

次から次に氷柱を生み出して放つテレサだが、デッドリースコーピオンは視覚ではなく別な感覚でそれを察知しているのか、足を動かし器用にそれを避け続けた。

「おい、あまり無理をするな」

距離が開いてしまったので、俺はテレサの肩に手を置き落ち着くように告げる。

これまで魔法で仕留められなかった敵はいなかったので、彼女もむきになっていたようだ。

「思っているより素早いことはわかった。俺の剣なら捉えられるから、魔力をくれ」

俺がそう言うと、テレサは手を繋ぎ魔力を供給してくれる。何度となく味わってきた甘美な魔力だ。

それを見ていたデッドリースコーピオンが急速に距離を詰めてきた。テレサから手を離し前に出た俺は、向こうの勢いを利用して剣を叩きつける。

――ガキンッ――


「硬《か》てえっ！」

魔力で身体能力を強化しているにもかかわらず攻撃を弾《はじ》かれてしまった。

ハサミには傷一つなく、ここを狙っても破壊は不可能なのだと理解する。

吹き飛ばされた俺は砂場を滑ると体勢を立てなおした。

「ハサミが駄目でも他の場所なら……」

素早い動きでデッドリースコーピオンの身体を足場に駆け上がる。

「ここならそのハサミも届かねえ」

背中に乗ると外皮に剣を突き立てた。

『ピイイイイイイイイイイイイイイイイイイイイイ！』

先程までよりも大きな鳴き声を上げるデッドリースコーピオン。

「こっちもかなりの強度だな」

ハサミよりはましだが、傷はついてもかなり浅く、致命傷とはとてもいえない。背後から何かが迫る気配を感じる。

俺が飛びのく判断をした瞬間、テレサの氷柱がその迫ってきたものに当たった。

『ガリオンはそのままそこで攻撃を』

デッドリースコーピオンの尾が俺を狙っていた。テレサはその攻撃を魔法で阻んだのだ。

「一発で効かないなら効くまで攻撃すればいいってか」

せっかく攻撃されない場所に陣取っているのに放棄するのは良くないからな。俺はテレサの援護を信じ攻撃を続ける。

「はぁはぁはぁ……大分皮膚が剥《は》がれてきたが……」

数分かけ、徹底的に攻撃を加えたことでそれなりにダメージを負わせられたとは思う。

だが、デッドリースコーピオンの抵抗はまだまだ激しく、このままではテレサの魔力の方が先に尽きてしまいかねない。

デッドリースコーピオンの尾の攻撃は苛烈で、離れた場所から防壁を張るテレサの集中力もいずれは尽きてしまうだろう。

このままではまずいと思いながら手を動かしていると、視界の端にルクスたちの姿が映った。

ルクスがスコーピオンを裏返しライラが腹部に短剣を差し込んでいる。

短剣を差し込まれたスコーピオンは痙攣すると少しして動きを止めた。

「あれは……」

俺は背中から飛び降りるとハサミ攻撃を掻い潜りテレサの下へと戻った。

『どうしたのですか、ガリオン？』

まさか戻ってくると思っていなかったからか、テレサは困惑した表情を浮かべていた。

「あいつの弱点は腹だ！」

思えば、ずっと地を這うようにしていたのは自分の弱点を攻撃させないためではないだろうか？

デッドリースコーピオンのハサミ攻撃が迫ると、俺はテレサを抱えその場から離れた。

砂地で走り辛いのだが、どうにか距離を取ることはできそうだ。

「お前さんの魔法であいつをひっくりかえすことはできないか？」

『ガリオンも見ていたでしょう？　風の上級魔法でも身体が持ち上がらなかったのを……』

確かにあの巨体では厳しいか、

『もしやるとして、それだけの威力を放てば私の魔力はすっからかんです』

テレサと目が合う。それだけの勝算があるのか？　と問いかけてきているようだ。

「駄目ならその時考えりゃいいだろ」

ところが俺の返事に彼女はキョトンとした顔をすると、

『それもそうですね』

わり切ると俺に抱っこされたまま目を瞑《つぶ》り集中する。

『ピイイイイイイイイイイイイイイ！』

脅威を感じ取ったのか、これまでにない速度で俺たちに突っ込んでくるデッドリースコーピオン。

もはや避けることができる距離を越えたので、テレサを信じ結果を待つ。

『ピッ！』

次の瞬間、地面から巨大な杭《くい》が飛び出しデッドリースコーピオンの腹を貫いた。

デッドリースコーピオンは串刺しとなりピクピクと身体を震わせ、少し経つと完全に動きを止めてしまった。

その様子をずっと見ていた俺は、

「ひっくり返してくれとは言ったが、そのまま倒せとは言っていないんだが……?」

この後、俺の攻撃で腹部を攻めて倒す算段をしていただけに、この結果は予想外すぎる。

一方で、この結果を同じく予想していなかったテレサは俺と目が合うと……。

『思ったより大した相手ではありませんでしたね』

とどめを刺したのが自分ということもあり、勝ち誇った笑みを浮かべると脱力する。

「ルクス、生きてるかーー!」

そういえばあっちはどうなったのかと思い、ルクスに声を掛ける。

「何だ今の魔法は、こっちまで砂が飛んできたぞ!」

「うえっ……砂が入った。ぺっぺ」

「じゃりじゃりしますわ」

ライラとアリアの声も聞こえる。

どうやら無事らしく、周囲には仰向《あおむ》けに倒れたスコーピオンが死んでいる。

「そっちも片付いたみたいだな」

俺はホッと息を吐くとテレサを抱っこしたまま彼らに合流する。ところどころ怪我を負ってはいるが、大量のスコーピオンを相手にして無事というのは誇ってよい内容だ。

「それにしても、凄《すご》い光景だな……」

巨大なサソリが串刺しになっている光景を見てルクスがゴクリと喉を鳴らす。

「味方だとこれ以上ないくらい頼もしいですわね」

「怒らせないように注意しないとね……」

アリアとライラは俺の胸元で安らかに眠るテレサを見る。

「ああ、その意見には賛成する」

一撃でボスモンスターを倒したテレサに俺たちは同じ感想を抱くのだった。

20

「これが、約束のダンジョンコアだ」

エルメジンデの下に戻ると、俺たちはダンジョンで手に入れた最後の素材を彼女に渡す。

テーブルの上には一抱え程の漆黒の丸い宝珠が置かれている。先日俺たちが攻略したダンジョンにあったコアだ。

先程、俺たちは無事にダンジョン攻略を終え、マグニカルに戻ってきた。冒険者ギルドでダンジョン攻略の報告をした際に冒険者に囲まれてしまったが、面倒だったので対応をルクスに任せてその場をあとにしている。

「うん、確かに受け取ったわ」

エルメジンデはそう言うと、嬉しそうな顔をしてダンジョンコアを自分の手元に引き寄せて撫でる。

「お疲れ様です、ガリオンさん、テレサさん」

エミリーが労《ねぎら》いの言葉をかけてくれた。

『それで、霊薬の方はどうですか？』

よほど状況が気になるのか、テレサは率直に状況を聞いた。

「今、最後の仕上げ段階よ。明日には完成するわ」

俺とテレサは互いの顔を見合わせると笑みを浮かべる。最後の納品を終え、テレサの呪いを解くアイテムがもう間もなく手に入るからだ。

「これで、いよいよテレサの呪いも解けるんだな」

『はい、楽しみです』

「師匠が作るからには万が一にも失敗はありません。間違いなく解呪できるかと思います」

エミリーの力強い保証に俺は後押しされる。

「それじゃあ、俺とテレサは休ませてもらうが……」

戻ってきたばかりで疲れているのだ。俺たちはエルメジンデに任せると宿へと引き上げていくのだった。

ダンジョンから戻った翌日、普段より遅く目を覚ますとエルメジンデの下を訪ねた。

「あら、ガリオンじゃない」

徹夜で作業をしていたのか、エルメジンデは目の下に隈《くま》をつくって俺を出迎えてくれた。

「……うう、もう魔力が……無理です……師匠」

床ではボロボロになったエミリーがうなされている。一体何があったのか？

「それで、霊薬はできたのか？」

そんな彼女を尻目に、俺はエルメジンデに霊薬ができたか確認をした。

「ええ、まったく問題なくできたわよ」

彼女から差し出された小瓶の中には虹色の液体が入っている。これが霊薬か……。

「バイコーンの角を使った最上級の霊薬。これなら瀕死の人間でも一発で復活ね」

国で一番の錬金術師が言うと説得力がある。俺は大切にそれを懐にしまった。

「言っとくけど、絶対に割らないように注意してよね。他に使った素材だって滅多に手に入らないし、次にはいつ作れるかもわからないんだから」

バイコーンの角の他にも貴重な素材を使っているらしく、同等の素材を揃えるのはかなり大変らしい。エルメジンデは絶対に割らないようにと念押しをしてきた。

「安心しろって、これでもSランク冒険者だぞ」

道端で誰かにぶつかって割るような間抜けな真似をするわけもない。

「そういえば、テレサちゃんは？」

早速薬を飲むと思ったのか、エルメジンデはテレサの姿を探している。

「疲れが溜《た》まっているからか、起きてこなくてな」

ボス戦の疲れが出たのか部屋をノックしても反応がなかった。

「そうだ、ガリオン。後でテレサちゃんとあなたに見せたいものがあるんだけど」

「うん？　今日はこのあとダンジョン攻略の打ち上げがあるんだが、明日でも構わないか？」

ルクスたちと呑む約束をしている。テレサの呪いもそこで解呪する予定となっているので、彼女にはその時に話せばよいだろう。

まだ時間があるので、俺はエルメジンデのアトリエを出ると街に繰り出した。


街を歩きながらこれまであった様々なことを思い出す。テレサとつるむようになってから一年も経っていないにもかかわらず、想い出が一杯ある。

カプセの街では一緒にワイルドウルフを狩ったし、その後温泉旅館に泊まり、ルクスたちと決闘までした。

その他にも深海祭の警備の仕事ですれ違ったり、ヘルハウンドと一緒に折檻《せっかん》されたり、挙句の果てにダンジョンまで攻略した。

実に濃い一年で、とても大変な毎日だった。

「だけど、今日をきっかけにまた新しい変化があるんだろうな」

この霊薬があればテレサに声を戻してやることができる。彼女は声が戻るのを楽しみにしており、アリアやライラと出掛けることを嬉しそうに語っていた。

ルクスにも古代の遺跡攻略を手伝わないか誘いをかけており、良い感触を得ている。これから先がどうなるかわからないが、今よりずっと明るい未来が見えているのは間違いない。

「ガリオン様⁉」

そんなことを考えながら街を歩いていると声を掛けられた。振り向くとクラウスが立っていて蒼《あお》ざめた顔をしている。

何やら嫌な予感がして、背筋を冷たい汗が伝う。俺が黙っていると……。

「今更お話しすべきこともないかもしれませんが……」

★

夕方になり、酒場ではルクスとライラとアリアとテレサがテーブルを囲み座っていた。

「ガリオン、来ねえな？」

今日はダンジョン攻略の打ち上げ兼テレサの解呪のお祝いをするために集まっていた。

「もしかして寝坊してるんじゃない？　私も今日は昼まで爆睡してたしー」

ところが肝心のガリオンが姿を見せないので、こうして四人はお預けを食っている。

『いえ、私が起きた時は既に宿にいませんでした』

テレサは首を横に振ると、ガリオンが既に宿を出ていることを告げる。

「もしかして、途中で事故に遭われたのでは？」

寝坊にしても開始時刻を一時間もすぎている。テーブルに並んでいる特注の料理のいくつかは冷めてしまっており、コップに注がれた酒もぬるくなっている。

「はっ！　あいつが馬車に轢《ひ》かれたとでも？　それこそありえるかよ！」

どれだけ強いモンスターと戦っても平然としているガリオンがそのようなことに巻き込まれるなどありえない。

「例の霊薬はガリオンが持っているのですよね？」

アリアはテレサに確認をする。

『ええ、私が起きて錬金術師の下を訪ねたところ、昼すぎにガリオンが持って行ったと……』

そのことも不安にさせる。

このままでは他の三人もいつまで経っても乾杯をできない。せめて食事だけでも手を付けようかとテレサが告げようとしていると……。

「仕方ねぇから探しに行くぞ」

「ええっ！　ルクス本気？」

「別に遅れているだけでしょう？」

ライラとアリアが信じられないような顔をしてルクスを見た。

「あいつはテレサのことを自分以上に大切にしてるやつだ。そんなやつが霊薬を持った状態でいなくなるわけがねぇ。何かが起きてるに決まってる」

本来なら一刻も早くテレサの呪いを解いてやりたいと考えているのがガリオンだ。ルクスは誰よりもそのことを理解していた。

「ったく、私が遅刻してきた時は文句言ったんだから、あいつにも文句言わなきゃね」

「はぁ、面倒臭いですが仕方ありませんわね」

『良いのですか、三人とも？』

「こうして俺たちが今もパーティを続けていられるのはお前らのお蔭だからな」

ルクスは照れ隠しに頬を掻いた。

『ありがとうございます』

そんなルクスにテレサは笑い掛けると礼を言うのだった。

★

「俺は……どうすればいい？」

先程、クラウスと再会をしてアイリスの容態について知らされた。薬の作製に失敗したので治っていないと。

なんでも、依頼を受けた錬金術師が力量を偽っており、薬を作ることができなかったのだという。

俺は急いでアイリスに会いに行ったのだが、彼女は一瞬だけ意識を取り戻すと頬に涙を流し微笑み気絶した。医者の話ではもう目を覚ますことはなく、明日の早朝まではもたないらしい。

ベッドに縋《すが》りつき泣くノーマンを見た俺は、何と声を掛けてよいかわからなくなる。

それから思考が上手く働かず、気が付けば周囲が暗くなっていて、俺はベンチに座りぼーっと時間をすごしていた。

「俺は……どうしたら良かったんだ？」

今日は最高の一日になるはずだった。

テレサの鈴のような綺麗《きれい》な声を聞き、ルクスと馬鹿な会話をしながら次の遺跡攻略についてライラと話をする。酔いつぶれそうになっている俺たちをアリアが仕方ないとばかりの表情で世話をする。

「今からでも……皆のところに行かないとな……」

とっくに宴が始まっている時間だ。今から向かってこの霊薬をテレサに渡せば想像していた未来が約束されている。

俺は霊薬が入った瓶をギュッと握った。

「なのに……なんで足が動かない」

俺がしなければならないことは明白で、これまで通りテレサのことを第一に考えていればいい。

そう考え立ち上がろうとすると、最後に微笑んだアイリスの姿が脳裏に浮かんだ。

このマグニカルに来て最初に出会った少女。ただそれだけの関係。

俺の冒険話を聞いて目を輝かせ、兄のように慕ってくれただけの関係。

「別に……気にする必要はないだろ。世の中には今この時に命を落とそうとしている人間は沢山いる」

依頼人の娘でたまたま少し話すようになっただけ。明日命が尽きようとも俺がどうにかする必要はない。

『本当に、そう思っているのですか？』

目の前に文字が浮かび、ギクリとする。

「……テレサ。どうして？」

俺が問いかけると、テレサは黙って近付いてきた。

『どうして、酒場にこなかったのですか？』

彼女は真っすぐな瞳を俺に向け問いかける。

「悪かった、少し考え事をしていたら時間がすぎていたんだ」

俺は作り笑いを浮かべると、彼女の肩に触れる。

「もう大丈夫だから、酒場に行こう。今日は潰れるまで呑むぞ」

明るい声を出す俺に、

『今のガリオンは好きではありません』

テレサはそう言うと距離を取る。

「えっ？」

『アイリスが苦しんでいるのでしょう？』

テレサから突き付けられた言葉に息が詰まる。

『なぜ、その霊薬を彼女に与えてあげないのです？』

テレサはいつも通り平然とした様子でそう切り出してきた。

「なぜだって！　それをお前が言うのか！」

当事者であるテレサだけはそれを言ってはいけなかった。

「俺は、お前さんを幸せにするために、これまでやってきた！」

そのために危険な依頼を受け、危険なダンジョンに挑み成果を手にした。

「霊薬は二度と手に入らないかもしれない。お前さんの呪いを解く機会なんだ。簡単に手放せるわけがないだろ！」

だからこそ、その霊薬を自分以外に使うことに触れて欲しくない。

『でしたら、どうしてすぐに酒場に来なかったのですか？』

テレサの言葉に黙り込む。俺が霊薬を手元に置き、彼女の解呪の時間を引っ張ったのは事実だからだ。

『本当に私のことだけを考えていたのなら、こんな場所で悩まず霊薬を届けていたはず。違いますか？』

白銀の瞳が揺らぎ俺を見る。

「あっ、悪い……」

彼女は怒っているのだ。俺がいつまでも霊薬を届けなかったことに。

だが、テレサは俺に近付くと頬をそっと撫でた。

『怒ってはいません。ただ、あなたがそれだけアイリスのことを真剣に考えていると気付いて欲しかったのです』

アイリスの姿がテレサに重なり、ノーマンの姿が俺に重なる。

ルクスはアリアとライラとの関係が壊れるのをおそれ、臆病になっていた。俺だって同じだ。アイリスを救うかそれとも見捨てるのか、この選択をすることで必ず何かを失ってしまう。そう考えたからこそ動けなくなっていた。

『ガリオン、今からノーマンさんのところに行きましょう。そしてアイリスに霊薬を飲ませるのです』

テレサはそう言って俺の手を取る。

「だって……お前、それは……」

それをすれば自分の呪いが解けなくなる。そんなこと彼女が理解していないわけがない。

『平気です。解呪の素材が足りなければまた採って来ればいい。ガリオンも付き合ってくれるなら私は問題ありませんから』

「すまない」

手を繋ぎ宿まで走る。俺の謝罪の言葉を聞き、テレサは平然とした表情をしていたが――

――その手は冷たく、そして震えていた。

「おお、アイリス！　良かった！」

ノーマンは娘に抱き着くと号泣していた。

「おと……う……さん？」

アイリスは意識を取り戻すと父親の顔に右手を伸ばす。

「あの瀕死の状態から意識を取り戻すまで回復するなんて、素晴らしい効果の霊薬だ……」

医者の言葉に、俺たちは頷く。エルメジンデは最高の仕事をしてくれた。

お蔭でアイリスは一命を取り留め、ノーマンも喜びの表情を浮かべている。

俺とテレサはそんな二人に声を掛けることなく、無言で部屋を出て街を歩く。俺はテレサに何か話し掛けなければと思うのだが……。

「あっ、ガリオンてめえ！」

「散々探し回ったんだからね！」

「まったく、放浪もいい加減にしてください」

ルクスとライラとアリアが俺たちを発見して走り寄ってきた。

「悪い悪い、一人で酒場で一杯ひっかけてたらそのまま寝ちまってよ」

ここで霊薬の話をするわけにはいかなかった。俺は咄嗟《とっさ》に誤魔化し言いわけを告げる。

「ったく、信じられねえ野郎だな！」

「散々遅刻したんだから、この後は全部あんたの奢りだからね」

「今後このようなことは許しませんからね」

どうにか三人を宥《なだ》めると、俺たちは酒場へと向かう。

俺は胸のうちに残る思いを振り切るように大量の酒を浴びるように飲み、翌日の朝までルクスたちと騒ぎ続けた。

エピローグ

「ううぅ、気持ち悪い……い」

翌日、昼すぎに起きた俺は酒酔いのせいで頭が痛かった。

「まさか、ルクスのやつがあんなに酒が強かったとは……」

ライラに焚《た》き付けられ、一気飲みの勝負をさせられたが、ルクスに後れを取るとは思わなかった。

『おはようございます、ガリオン』

食堂に顔を出すと、テレサが既に起きていた。

「ああ、もうおはようという時間ではないけどな」

いつもと変わらない笑顔で俺を出迎えてくれる。ふと俺はテレサがお洒落《しゃれ》をしていることに気付く。

「これから出掛けるのか？」

アリアかライラと遊びに行くのか、それともエミリーを労《ねぎら》ってやるのか、どう見ても街に出る前提の装いをしている。

『ガリオンを待っていました』

ところが、俺の予想は外れたらしく、テレサは右手で髪を弄《いじ》ると恥ずかしそうに顔を赤く染めた。

「そりゃ悪かったな、言ってくれたらもっと早くに起きたのに」

約束をしていたわけではないが、待たせてしまったことが申し訳ない。俺はできるだけ笑顔を浮かべるとテレサに優しく接することにした。そんな彼女はしばらくの間じっと俺を見上げていたかと思うと。

『私とデートしましょう』

期待に満ちた目で見てくる。

「デートって……俺とテレサが？」

『はい、そうです』

彼女が照れることなく頷《うなず》くので、俺が動じてしまう。これまでテレサからそのような言葉を告げられたことがなかったからだ。

『了承していただけるなら、着替えてきて欲しいのですが？』

彼女の様子を探るため顔を覗《のぞ》き込んでいると、テレサは首を傾《かし》げる。

俺は彼女の要望通り、よそ行きの服に着替えると、テレサと一緒に街に出るのだった。


『ガリオン、次はあの店に行ってみましょう』

テレサが袖を引き俺を連れ回す。

目につくものすべてが気になるのか、テレサは子どものように目を輝かせていた。

『こっちの店はアリアが気にしていて、あっちの店はライラが美味《おい》しいと言っていました』

その表情は明るく、とてもではないが呪いが解けずに落ち込んでいるようには見えなかった。

『ガリオン、こっちですよこっち』

普段とまったく違う様子で俺を振り回すテレサ。その姿はエミリーやミリィちゃんに近く、ごく普通の女の子のように映った。

買い食いをし、観光スポットを回り、時には夫婦やカップルが訪れる場所を見学して回る。

テレサは表情をころころさせ、一分たりとも俺に考える時間を与えないとばかりに振り回し続けた。

やがて、夜になるにつれて彼女の口数が少なくなっていく。

ここまでくれば気付いてしまう。彼女は無理をしているのだと。

テレサは公園のベンチに座り遠くを見ていた。昼ならば芝生で子どもが遊んでいるのだが、この時間ともなると人気《ひとけ》もなく、俺たち以外誰もいなかった。

「本当にごめん」

俺にできるのは謝罪だけだ。あれだけ彼女の呪いを解くと言っていたのにもかかわらず、約束を破ってしまったのだから……。

『ガリオンは立派だったと思います。あなたが私のためにしてくださったことは変わりません』

テレサはそう答えながら俯《うつむ》いている。

「だけど、今、お前さんを悲しませている」

今日テレサと回った場所は、テレサが声を出せるようになったら回りたいと言っていた場所だった。

彼女はあえて俺と回ることで気にしていないことをアピールしようとしたみたいだが、その行動が逆に気にしている証拠になる。

『ガリオンにアイリスを救って欲しいと頼んだ時は本当にそう思っていたんです』

テレサは目からぽろぽろと涙を流している。

『私は……声が出せるようになりたかった……普通の女の子みたいに……ガリオンと一緒に……』

心が痛い。彼女にこんなことを言わせている自分が情けなかった。

あの瞬間、テレサと宿に向かう際、彼女の手が震えていることに俺は気付いていた。テレサはそれでも自分を選んで欲しいと願っていたことも。

俺はそれに気付きながらも、彼女をともないアイリスの下を訪れ、霊薬を譲った。

『私は、嫌な女です。今こうして後悔をしているのですから。アイリスの病気は他の方法でどうにかならなかったのか？　霊薬を失ってまですべきことだったのか？　そんな風に考えてしまいます』

「もういい、それ以上言うな」

俺はテレサを抱きしめると胸に顔を埋《うず》めさせた。

あと少しで手が届くはずだった呪いを解く方法が、目の前で零《こぼ》れ落ちてしまった。このことは一生俺とテレサの中で引きずることになる。

どれだけの時間が経《た》っただろう？

「あっ！　ここにいたのね！」

気が付けばエルメジンデが立っていた。彼女は息を切らせこちらに歩いてくる。

テレサは袖で目元を拭うと俺から離れた。

「何か用でもあったのか？」

俺は振り返ると彼女に用件を確認する。

「私が作った霊薬を他の人間にあげちゃったって聞いたからさ」

エミリーが話したのだろう。せっかくテレサのために用意したというのに申し訳ない。

「やっぱり、新しいのを作るのは無理なんだよな？」

「うーんそうね、バイコーンの角自体もそう簡単に手に入る物でもないし、他にも手持ちのレア素材から出してたから」

素材自体が手に入らないのだという。

テレサの前で残酷な事実を突き付けてしまったかもしれない。俺も彼女も言葉を失い互いを見ていると……。

「確かに材料はもうないけど、テレサちゃんの声を出す方法がないってわけじゃないわよ？」

「なんだって？」

エルメジンデはネックレスを取り出しテレサに突き付けた。

「これは、ダンジョンコアを材料にして作ったネックレス。私の推測が正しければこれを身に着ければ声が出るようになるはずよ」

そんな魔導具、聞いたことがない。どうしてこのような魔導具が用意されているのか、俺はまじまじとエルメジンデの顔を覗き込んだ。

『もしかして、あの時の測定とは……』

テレサは思い当たる節があるのか、エルメジンデに確認をする。

「そっ、こんなこともあろうかと、事前に調整しておいたのよ」

「にしても、ダンジョンコアが材料って、そこまで読んでいたわけじゃないだろ？」

「まあね、私の作る霊薬ならまず間違いなく呪いを解くこともできただろうし、これは興味本位で作ろうと思ってた魔導具なのよ」

テレサはネックレスを受け取ると首にぶら下げる。彼女の身体とペンダントが輝き光が収束した。

おそるおそる口を開き、何度か声を発しようとするたび、表情を歪《ゆが》ませる。

本当にこれで声が出るのか、出なかった時に絶望するのが怖いのだろう。

「テレサ、勇気を出して話してくれ」

俺は祈るような気持ちで彼女の唇に意識を集中する。

「あ……」

いつしか聞こえたテレサの声が耳を打つ。

「声が……出ます」

自分の口元に手を当て驚いた顔をするテレサ。

「大丈夫か？　意識が遠のくとか体調が悪くなるとかないのか？」

「ええ、何やら脱力感はありますが普通に話せますよ」

テレサはそういうと両手で俺の腕に触れ嬉《うれ》しそうに笑う。

「そうでしょう、それはテレサちゃんから話を聞いて、ガリオンの特異体質を基に作り上げた魔導具なんだから」

確かに、過去にテレサが声を出すことができたのは、俺が彼女の呪いの魔力を吸った時。エルメジンデはダンジョンコアを使い、同じような状況を作り上げた。

「エルメジンデ、ありがとうございます。これでやっと話すことができます」

エルメジンデに礼を言うテレサ。

「えへへへ、そんなに褒められたら悪い気はしないわね」

「ところで確認なんだが、どんな副作用があるんだ？」

ここにきて俺は完全に油断していたことに気付く。エルメジンデが作った魔導具に不具合がないわけがないのだ。

「失礼な。身に着けている間は魔力が最大限まで吸われるから魔法が使えなかったり、あまり長時間身に着けてると魔力欠乏で気分が悪くなったりするだけなんだから」

「そ……そう言えば……なんだか……頭がぼーっとするような……」

テレサはめまいがすると俺に向かって寄りかかってきた。

「今すぐそれを外せっ！」

やはりろくでもない罠《わな》があった。俺は慌てて彼女からネックレスを取り上げる。

「べ、別にいいでしょそのくらい！　声が出るようになるんだから！」

「言いわけあるかっ！」

俺が説教をすると捨て台詞《ぜりふ》を残して逃げ去って行くエルメジンデ。彼女を見送り溜息《ためいき》を吐《つ》くと、テレサが俺の手からネックレスを奪い、首に掛けた。

「おい、テレサ！」

「少しなら平気ですから」

テレサは手で俺を制すると、

「声が出せるようになったら話を聞いて欲しいと言ったのを覚えていますか？」

俺の手を取り見つめてきた。

「ああ、覚えているぞ」

一体何を言うつもりなのか？

彼女は口元に手を当て、髪を弄り視線をうろうろさせる。やはりネックレスを外した方が良いのではないか？

しばらく待っていると、彼女は決意したのか、

「恥ずかしいので、一度しか言いません。決して聞き逃さないようにしてください」

そう前置きをした。

「お、おう」

彼女は俺の両手を掴《つか》み見上げると潤んだ瞳を見せ言った。

「ガリオン、あなたのことが好きです。これからもずっと……」

書き下ろし 番外編・無口な魔法少女、カジノに行く

「皆でカジノに行こうよ！」

それは、ダンジョンを攻略してから一週間が経過した後のことだった。

俺たちは冒険者ギルドで顔を突き合わせ、報酬の分配について話をしていた。

ダンジョンから持ち帰った財宝は、これまで冒険で得てきた報酬と違い価値がよくわからない魔導具なども多く、分けるには相談が必須だったからだ。

「いや、ギャンブルで破産したんじゃなかったっけ？」

そんな会議に飽きたのか、ライラはうずうずした様子で俺たちを良くない道に誘いこもうとしている。

「俺たちは付き合わねえぞ……」

「言っておきますが、パーティの活動資金に手を付けたら酷《ひど》い目に遭わせますよ？」

ルクスとアリアはそんなライラを止めるつもりがないのか、止めても無駄と悟っているのか投げやりな態度を取る。

「そっか、じゃあガリオンとテレサだけ連れて行くね」

「いや、俺もどちらかというとギャンブルはやらないんだが……」

カプセでも酒を呑《の》んでカードゲームに興じて身ぐるみを剥《は》がされている冒険者がいた。酒と女とギャンブルは破滅の象徴なのだ。あまりかかわりたくない。

そんなわけで俺も断ろうかと考えていたのだが……。

『ギャンブル、少し興味があります』

あろうことかテレサが良くない遊びに興味を持ってしまった。

「流石《さすが》テレサ、話がわかるぅ」

ライラは同志を見付けたとばかりに彼女に詰め寄る。

「おい、ルクス。お前のパーティメンバーだろ。どうにかしろ！」

「別に身ぐるみ剥がされて明日から水生活になるだけだろ？」

ルクスの言葉に、このままテレサを行かせれば、ライラとともにギャンブラーの餌食になることが確定してしまった。

「わかったよ！　俺も行くから！」

俺は急遽《きゅうきょ》参加を告げると、この二人のお守りに嫌な予感を浮かべるのだった。

ドレスを身に着けたライラとテレサ、タキシードを身に着けた俺はカジノを訪れる。

中は豪華なシャンデリアが輝き、それぞれの場所に様々なゲームがあり、訪れた人々はギャンブルを楽しんでいる。

「そういえば、マグニカルに滞在しているのに何だかんだで入ったことがなかったんだよな」

「勿体《もったい》ない。マグニカルは魔導とギャンブルの街。ここに来て一度もカジノに入らないのは何のために来たかわからないよ」

俺たちの目的はテレサの解呪だったのだが、熱く語るライラに逆らう勇気がない。

『ライラ、あれはなんでしょうか？』

物珍しそうに周囲を観察していたテレサが、とある遊戯台を見てライラに確認をした。

「あれはルーレット。回転している盤に玉を放って入る数字を当てるゲームだよ」

ライラはテレサを伴いルーレット台まで行くとスラスラと遊び方を説明する。

『ガリオン、やってみてもいいですか？』

テレサは振り返ると俺に許可を取りに来る。テレサはこれで結構、色んなことにのめり込む負けず嫌いなタイプなので、カジノを訪れる際に使えるお金に制限をかけた。

「ああ、構わないぞ」

テレサが手に握り締めているチップは十枚。チップ一枚が銀貨一枚なので、マグニカルでそこその宿に一泊できるくらいの金額だ。

これが尽きたら帰ることにしているので俺はそっと見守ることにする。

「良かったね、じゃあ早速コツを教えてあげるよ」

一方、ライラはというと。大きなカップの中に大量のチップを入れている。

現段階でダンジョンから持ち帰り換金できたものを五等分しているのだが、この量からしてほぼ全部ではなかろうか？

何度かゲームをスルーしつつ、身振り手振りを交えてテレサにルーレットのコツを伝授するライラ。

テレサは素直に相槌《あいづち》を打ちながらも真剣にルーレット台を見ていた。

しばらくして、二人揃《そろ》ってギャンブルを始める。

テレサは赤に、ライラは黒に賭ける。

「いきなり数字を当てるのは確率が低いからね。色なら私も当てるの得意だし」

そう言っている間にルーレットが止まり、赤の23に玉が入った。

『やりました！』

テレサは嬉《うれ》しそうにチップを回収し、ライラのチップはディーラーが嬉しそうに回収していく。

「ど、どうして⁉」

テレサの実に十倍のチップを賭けていたライラは引きつった顔をする。

『赤が好きだったので選んだだけです』

今着ているドレスの色も赤なので、テレサは暖色を好んでいるようだ。

「次！　次こそは当ててみせるからっ！」

目の前でテレサにチップが流れるのを見たライラはギャンブラー魂に火が点いたらしく、テレサを連れて次のギャンブルに向かう。

「これはスロットマシンっていってね、チップを入れるとリールが回転してボタンで止めるんだ。図柄が揃えば大当たりで払い出しがもらえるんだよ！」

次に彼女が連れてきたのはとある魔導具の前だった。古代文明の魔導具と言えば凄《すご》そうだが、ライラが説明した通りゲームをするくらいしか利用方法がない。古代文明はなぜこのような魔導具を作ったのかと疑問が浮かぶ存在だ。

そんなスロットマシンには目を血走らせた紳士淑女の姿があり、いずれもこの遊戯台に嵌《は》まっているように見える。

「これ実はコツがあってね。目が良い人間の方が有利なんだ。図柄が高速回転しているけど、狙ったところでボタンを押せば止められて、私も何度か当てたことがあるの」

他の客と同様に、ライラは目を血走らせスロットマシンにチップを投入。回し始めた。

俺とテレサはそんなライラの様子を背後で見守る。

回っている状況と停止した状態から確認すると、何種類もの図柄が存在していることがわかる。

「駄目だね……ダンジョンでの疲労が残ってるのか、目で追いきれないや」

ライラが戻ってきた。カップの中に積み上げられていたチップは半分まで減ってしまっており、短時間で一体どれだけの金を失ってしまったのか気の毒になる。

「さあ、気を取りなおして次に行こう！」

無理をして笑っているライラを見ていると、テレサが俺の裾を引っ張った。

『ガリオンなら揃えられるのでは？』

手を通して魔力の供給が行われる。先程からずっとライラが遊ぶのを見ていたので、俺も止められるのではないかという気がしないでもなかった。

『チップは私が出しますので、やってみてください』

テレサがスロットマシンにチップを投入し、俺がレバーを押す。目の前ではスロットマシンのリールが高速回転しており、様々な図柄が目まぐるしく現れ消えていく。

俺はその中でも比較的出現回数が多く、特徴的な赤い色をしたチェリーの図柄を狙って止めてみた。

「嘘《うそ》!?」

ライラの驚いた声に、周囲で遊戯していた紳士淑女が一斉にこっちを見る。

俺は見事図柄を揃えることに成功し、チップを払い出した。

「ガリオン、狙って……」

人差し指を彼女の口に当て言葉を遮る。狙ったのは確かだが、大した倍率の図柄ではなかったし、毎回揃えるのは流石にしんどい。

下手にカジノから目を付けられてはたまらない。

『ふふふ、ギャンブル楽しいですね』

テレサはカップを手にするとそこにチップを入れ嬉しそうにしている。

確かにやってみて思ったが、わりと面白いのかもしれない。

「次っ！　次に行くよっ！」

ライラは焦りを浮かべると、テレサを促した。

「あっ、俺喉が渇いたからちょっと抜けるわ」

ライラに腕を組まされ連れて行かれるテレサ。俺はそんな楽しそうな彼女を見送ると、三人分の飲み物を注文しようとカウンターバーへと向かった。

そこで試しに一杯酒を注文してみると、街の酒場とは違うお洒落なカクテルが出された。

アルコール度数は程々で、フルーツが付いていて女性が好みそうな酒。

十分程かけて楽しんだ後、ライラとテレサの分を受け取り二人を探す。

すると、人垣の中に見慣れた美しい銀髪を発見した。

そこではいかにもやり手な気配を漂わせるギャンブラーと、対面でテレサがカードを持って対戦している。

「フォーカード」

ギャンブラーが自信満々にカードを曝《さら》す。周囲の観客が歓声を上げ、ギャンブラーの勝ちを確信するのだが……。

『ロイヤルストレートフラッシュです』

テレサが繰り出すカードに撃沈した。

「まったく表情が読めないし、ことごとくこちらの思考を読むようなカード捌《さば》き！　勝てるわけがない！」

とうとう彼女に挑む者はいなくなった。テレサは数個のカップから溢《あふ》れそうなくらいチップを積み上げていた。

「楽しんだようだな」

俺は彼女に近付くと、カクテルを渡す。

『ありがとうございます』

テレサは礼を言いそれを受け取る。

「ところで、ライラの姿が見えないんだが？」

てっきり、テレサと行動をともにしているのだと思っていたのだが……。

『ライラならあちらに』

テレサが指差す方を見ると、別なカードゲームをする場所にライラの姿が。

「ブラックジャック。さあ身ぐるみ剥がせてもらおうか」

「嘘だっ！　イカサマだよっ！」

ギャンブルに負けて抗議していた。

「止《や》めてっ！　仲間がいるのっ！　そいつらが支払うからっ！」

ドレスに手を掛けられながらも暴れるライラ。そんな彼女から俺たちは視線を逸《そ》らすと、

「この楽しい夜に乾杯」

『乾杯。です』

俺とテレサはカジノを堪能すると二人で祝杯を挙げるのだった。

あとがき

この度は、本書を手に取っていただきありがとうございます。

著者のまるせいです。

前回の一巻が発売してから九ヶ月が経ち、こうして二巻を無事出すことができました。

これも読者の皆様に『無口少女』の一巻を買っていただけたお陰です。この場を借りて謝辞を述べさせていただきます。

今回の原稿ですが、ほとんど家の外で書き上げました。

それと言うのも、専業になってから二年が経ち、家だとだらけて書けなくなってしまったからです。

何気なく朝起きて、布団の中でスマホを弄っていると気が付けば昼をすぎており、そこから昼食を摂ってしまうと新たな眠気が来る……。

家から出なければ、駄目なループに嵌ってしまいそうだったので、朝起きたらひとまず執筆道具を持って外に出ることにしました。

外での執筆は大体カフェかファストフードで珈琲を注文して居座るようにしていました。

朝方人間なので、食事を摂るまでは頭がスッキリしてどんどん書けるので、順調に作業を進めていたのですが、ここで予想外の事態が……。

なんと、タイミングが悪く他の仕事が重なり始めたのです。

このままのペースで執筆していては間に合わない。そう考えた私がとった作戦は「そうだ執筆合宿をしよう」でした。

執筆合宿と言うのは、家の雑事をすべて放棄し、外泊先で原稿をすることで集中して作業を進められる、昔でいうところの缶詰部屋みたいなものです。

打ち合わせの際、編集さんに「そういう部屋ってあるんですか？」と聞いてみたことがあるのですが、今はないと言われました。

でも、たまに出版社の会議室で缶詰させられる作家さんもいるらしいです。余程締め切りを守らない作家しか呼ばれないらしく、これまで締め切りを破ったことがない私には関係ない話でした。

とはいえ、ここで締め切りを守らなければ呼び出されてしまう危機感もあったので、取り急ぎ合宿の用意をしました。

今回利用したのは横浜中華街にある宿でした。

中華街の端っこに存在しており、宿を出て数分も歩けば中華街の中心に到着する。

コワーキングスペースも24時間利用できるので、集中して執筆するのには最高の環境でした。

食事は中華街で摂り、それ以外の時間はひたすら原稿をやる。そのお蔭で原稿を短期間で完成させることができたのです。

実に楽しい時間でした。昼食に美味しい中華ランチを食べることを目標にしていたお蔭か、集中力を途切れさせることなく昼まで執筆して、美味しい中華ランチを食べ終えた後は、美味しい中華ディナーに想いを馳せながら執筆をする。

何度かにわけて合計で二週間程滞在しましたが、完全に中華街を堪能してきました。

ともあれ、私のお腹ポッコリや宿泊代などいくつかの代償を支払いましたが、どうにか締め切り前に原稿を完成させることができたのです。


さて、今回の本編に触れさせていただきたいと思います。

一巻では主にテレサとガリオン二人のやり取りと、テレサの成長について書かせていただきましたが、二巻では違う内容になります。

私が二巻でやりたかったのは『仲間との協力』です。

ガリオンという理解者を得たテレサが、周囲の人間とかかわり友人や仲間を増やしていく。

一巻で確執があったルクス・アリア・ライラ。ミリィちゃん・エミリー・エルメジンデ。他にも多くの人間がテレサのことを知り、時には深く、時には浅く関わったのが今回のストーリーとなります。

登場当初、大人しくて臆病だったテレサが二巻でとても生き生きとガリオンに魔法を撃っているシーンを書いていて「成長したな」と涙したものです。

一巻ではガリオンに見放されることをおそれていたテレサも、彼との付き合いが長くなったからか素で振る舞うようになっており、その距離間を見ながらニヤニヤしておりました。


謝辞について。

イラストレーターの福きつね様。今回も素晴らしいキャラクターデザインと口絵・挿し絵を描いていただきありがとうございます。

テレサの衣装の変更と新キャラクターのデザイン、どちらも可愛くてとても良かったです。

口絵にかんしても、一巻と同様にテレサの様々な表情を描いていただいて嬉しかったです。

挿し絵もどれも素晴らしく、内容を確認するたびに感動して繰り返し見続けてしまいました。


M編集様。出版までの改稿と校正作業にお付き合いいただき、ありがとうございました。


最後に、本作品制作に携わってくださったすべての関係者の方々に感謝を申し上げたいと思います。

願わくば、またお会いすることができると信じて、一旦筆を置かせていただきます。

まるせい

チートスキル『死者蘇生』が覚醒して、いにしえの魔王軍を復活させてしまいました～誰も死なせない最強ヒーラー～

著：はにゅう　　イラスト：shri

特殊スキル『死者蘇生』をもつ青年リヒトは、その力を恐れた国王の命令で仲間に裏切られ、理不尽に処刑された。しかし自身のスキルで蘇ったリヒトは、人間たちに復讐を誓う。そして古きダンジョンに眠る凶悪な魔王と下僕たちを蘇らせる！　しかし、意外とほんわかした面々にスムーズに受け入れられ、サクッと元仲間に復讐完了。さらにめちゃくちゃなやり方で仲間を増やしていき――。強くて死なない、チートな世界制圧はじめました。

天才最弱魔物使いは帰還したい

～最強の従者と引き離されて、見知らぬ地に飛ばされました～

著：槻影　　イラスト：Re:しましま

気づいたら、僕は異国で立ち尽くしていた。さっきまで従者と、魔王を打ち滅ぼさんとしていたのに――。これまでとは言葉も文化も違う。鞄もないから金も武器もない。なにより大切な従者とのリンクも切れてしまっている。僕は覚悟を決めると、いつも通り笑みを作った。

「仕方ない。やり直すか」

彼はSSS等級探求者フィル・ガーデン。そして、伝説級の《魔物使い》で……!?　その優れた弁舌と、培ってきた経験(キャリア)で、あらゆる人を誑し込む！

龍鎖のオリ

―心の中の“こころ”―

著:cadet　　イラスト:sime

精霊が棲まう世界で、剣や魔法、気術を競い合うソルミナティ学園。ノゾムは実力主義のこの学園で、「能力抑圧」――力がまったく向上しないアビリティを授かってしまった。それでもノゾムは、血の滲む努力を続け、体を苛め抜いてきた。そんなある日、ノゾムは深い森の中で巨大な龍に遭遇する。その時、自身に巻き付いた鎖が可視化され、それをめいっぱい引きちぎったとき、今まで鬱積していた力のすべてが解放されて……!?

冒険者パーティーを追放された回復士の少女を拾って育成したら、
まさかの最強職業に転職!?
おまけに彼女の様子が何やらおかしくて…
After picking up and training a recovery girl who was banished from the adventurer party, she changed jobs to the strongest profession !?
清露
illustration: えーる
一迅社ノベルス

冒険者パーティーを追放された回復士の少女を拾って育成したら、まさかの最強職業に転職!? おまけに彼女の様子が何やらおかしくて…

著:清露　　イラスト:えーる

ダンジョンからの帰り道、酒場で一杯引っ掛けたソロ冒険者コトは、少女――ミリィと出会う。パーティーの贅沢品と揶揄される「回復士」であるミリィは、パーティを追放されて途方に暮れていた。コトが手を差し伸べたのは、ただの気まぐれだった――。その日から、行動をともにすることになった二人。ミリィはメキメキと力をつけ、魔法剣士として天性の才能を覗かせるが、たまに見せる彼女の表情は、師弟関係を超えた何かになっていて……!?

エロゲファンタジーみたいな異世界のモブ村人に転生したけど折角だからハーレムを目指す

著：晴夢　　イラスト：えかきびと

竜の血を引く竜人だけが魔法を使える異世界に、属性魔力を持たない『雑竜』として転生したアレク。強力な魔力を持つ準貴竜の幼馴染リナを可愛くなるまで躾けていた彼は、なぜかリナの従者として、優秀な竜人が集う上竜学園へ入学させられる。場違いなアレクは貴竜のナーシャたちに目をつけられるが、決闘で完膚なきまでに負かしていき半ば強引に攻略していく!?　力（と性）に貪欲な最弱竜人アレクの学園ハーレムライフ開幕!!

「お前《まえ》を追放《ついほう》する」追放《ついほう》されたのは俺《おれ》ではなく無《む》口《くち》な魔《ま》法《ほう》少《しょう》女《じょ》でした 2

初出
「お前を追放する」追放されたのは俺ではなく無口な魔法少女でした
小説投稿サイト「小説家になろう」で掲載

2024 年 5 月 5 日　初版発行

著者　まるせい

イラスト　福きつね

発行者：野内雅宏

発行所：株式会社一迅社
〒160-0022　東京都新宿区新宿 3-1-13　京王新宿追分ビル 5F
電話　03-5312-7432（編集）
電話　03-5312-6150（販売）
発売元：株式会社講談社（講談社・一迅社）

印刷・製本：大日本印刷株式会社

DTP：株式会社三協美術

装丁：伸童舎

ISBN 978-4-7580-9640-9

おたよりの宛先
〒160-0022　東京都新宿区新宿 3-1-13　京王新宿追分ビル 5F
株式会社一迅社　ノベル編集部
まるせい　先生・福きつね　先生